DUAS VIDAS
EM UM CORAÇÃO

JOSIVAN CARDOSO LIMA

Ficha catalográfica

Impresso no Brasil

Copyright © 2024 Josivan C. Lima

Duas vidas em um coração/Josivan Cardoso Lima

1ªedição-Rio de Janeiro-do autor, 2024.

125 páginas

1. Romance

Índice para catálogo sistemático1.

Biografia

ISBN-13: 978-65-00-92532-6

Ao mergulhar nas páginas de "Duas vidas em um coração", a magia da história escrita por Josivan C. Lima envolveu-me como uma suave melodia, um toque de amor em meu ser. Cada capítulo desse romance extraordinário é uma jornada emocional, uma experiência tão rica em nuances que me vi cativo(a) desde as primeiras linhas.

A narrativa de Josivan é uma celebração ao amor, a amizade, a saudade e, acima de tudo, a resiliência humana. Rebeka, a protagonista, personifica a força silenciosa que se encontra nos corações que amam incondicionalmente. Sua jornada, marcada por desafios e obstáculos, revela-se uma epopeia de superação, destacando a determinação de construir uma história digna de ser contada.

O elo entre mãe e filha, representado por Rebeka e Ana Clara, transcende a simples biologia e se manifesta como uma sinfonia de afeto e dedicação. Josivan captura a essência desse relacionamento único, pintando com maestria o quadro de um amor que vai além do tempo, desafiando as adversidades da vida.

Ao longo das páginas, vivenciei as emoções intensas que permeiam os sonhos e escolhas de uma adolescente e os erros que moldam o caráter e a preparação para as mudanças que a vida inevitavelmente nos reserva pois, a narrativa do autor habilmente explorando a complexidade das relações humanas, revelando a crueldade da ingratidão e o poder redentor das verdadeiras amizades é algo muito envolvente.

Os acontecimentos na história de "Duas vidas em um coração" são retratados com uma sensibilidade que nos faz refletir sobre as sombras que podem pairar mesmo nos laços familiares. E, ao lado dessa escuridão, a saudade se insinua, deixando-nos envolvidos por uma melancolia que ressoa como um eco eterno.

Neste livro Josivan C. Lima nos presenteia com uma história que vai além da narrativa convencional. É uma ode à perseverança, à compaixão e ao amor que une mãe e filha de maneira indissolúvel. Ao fechar este livro, carrego comigo não apenas a história de Rebeka e Ana Clara, mas um conjunto de emoções que reverberarão em meu coração por muito tempo. Este é mais do que um romance; é uma experiência que transcende as páginas e encontra morada em nossos próprios corações.

Franciel Costa de Oliveira
DEDICATÓRIA

Aos

Meus familiares e amigos

e a

todos vocês amantes da leitura que me dedicam uma parte do seu

tempo para lerem algo escrito por mim.

Josivan Cardoso Lima

AGRADECIMENTOS

Agradeço a você querido(a)leitor(a) que a partir de agora vai dedicar uma parte do seu tempo para ler algo escrito por mim. Espero despertar muitas emoções no seu coração com a história desse livro.

Também aos amigos e aqueles que já leram o meu manuscrito e impregnados pelo enredo e a vida dos personagens que criei, teceram os seus elogios sobre mim.

Em especial aos meus queridos pais José Moura Lima e Deuselina Cardoso Lima, aos meus irmãos e a família Cardoso.

SUMÁRIO

***

INTRODUÇÃO

Em "Duas vidas em um coração", Josivan C. Lima nos conduz por uma emocionante narrativa que transcende o tempo e mergulha nas profundezas da alma de Rebeka. Uma jovem cujo coração foi eternamente cativo pelo encanto de um grande amor o qual lhe deu forças para os intricados caminhos da vida.

Neste livro, Josivan nos guia por um universo de sonhos, escolhas e erros, delineando o caminho de uma adolescente rumo à maturidade.

As páginas desvendam as complexidades da vida, revelando como o preparo para as mudanças nem sempre é fácil, e como a ingratidão no amor pode surgir de onde menos se espera.

A trama escrita por ele nos revela um talentoso escritor que com maestria sabe envolver os seus leitores despertando-os não apenas para ler cada capitulo do seu livro, mas também vivenciar as emoções de personagens tão enriquecidos de sentimentos.

A obra que ora se revela diante de nós e se desdobra mostrando a história de uma mulher tão forte e corajosa também nos mostra a dolorosa realidade de um pai que renega a própria filha, o contraste entre o amor verdadeiro e o egoísmo, a força que emerge da saudade, quando a partida para sempre deixa um vazio que nenhum tempo pode preencher além do amor incondicional entre mãe e filha que se torna o epicentro, capaz de transcender as barreiras do tempo do espaço e até da própria vida.

Duas vidas em um coração não é apenas uma história, é um convite à reflexão sobre as reviravoltas da vida, a importância das verdadeiras amizades e a capacidade do amor materno de transcender todas as barreiras.

Nesse momento Josivan C. Lima nos presenteia com uma trama envolvente, repleta de surpresas e emoções, que vai ecoar nos corações dos leitores, deixando uma marca indelével.

***

CAPITULO 1

UM DIA O AMOR

Em junho do ano de 1973, em uma pequena cidade do interior da Paraíba, em uma noite linda de lua cheia e em frente à Igreja do Menino Jesus acontecia uma bonita quermesse.

Toda a comunidade da região estava reunida para a realização deste evento que sempre atraía muita gente.

A festa estava acontecendo em um cenário repleto de barracas tão bem montadas que ofereciam comidas, bebidas e muitas brincadeiras. E todos se divertiam muito.

Logo, naquele cenário de festa tão bem organizada, chegou à família Gomes, composta pelo casal Ricardo e Ana Paula com os seus três filhos. Mateus o mais velho de vinte e um anos, Paulo o filho do meio com dezoito anos e Rebeka a caçula de treze anos de idade.

Rebeka estava ansiosa e fora logo brincar com as suas amiguinhas de escola enquanto os seus outros dois irmãos foram assistir a uma peça de teatro que acontecia naquele local.

—Cuidado, Crianças! Estarei de olho em vocês! Disse Ana Paula preocupada com os seus filhos.

Ricardo e Ana Paula possuíam um comércio de hortifruti em frente à sua casa e nos finais de semana os mesmos vendiam frutas, verduras e legumes na feira da cidade. Ricardo contava sempre com a ajuda de seus dois filhos maiores enquanto Rebeka ficava sempre a ajudar sua mãe em casa.

Apesar das dificuldades todos viviam em uma perfeita harmonia. Os três filhos do casal estudavam na escola da cidade e aos domingos também acompanhavam os pais indo à igreja.

Aos quinze anos de idade Rebeka conheceu o Thiago filho de um casal também comerciantes da cidade. Thiago estava no frescor dos seus dezessete anos e desde pequeno ajudava os pais em sua loja. Os pais de Thiago eram Mário e Clara os quais além da educação do filho se dedicavam muito a sua pequena mercearia.

Haviam vindo morar na cidade recentemente quando souberam que ali uma usina hidrelétrica estava em fase de construção e vieram com o propósito de obter sucesso em sua mercearia.

Rebeka e Thiago se conheceram em um domingo na pracinha da igreja quando ele estava com os seus amigos e ela com a sua prima Geovana.

Em uma sutil troca de olhares se despertou o interesse recíproco de um pelo outro.

Naquele momento Geovana sem timidez nenhuma, foi em direção ao Thiago e após um apressado oi lhe informou:

—Minha prima ficou interessada em você.

No que o Thiago respondeu de imediato:

—Eu também, gostei dela! —Sem tirar os olhos de Rebeka. Geovana então aproveitando da intimidade tão recente entre ela e o rapaz começou a especular a vida dele. Neste momento os pais de Thiago chegaram de carro chamando-o para que ele fosse embora com eles.

Porém antes de entrar no carro Thiago disse para Geovana a prima de Rebeka:

—Diga a sua amiga que nos encontramos novamente aqui no próximo domingo.

Já sabendo de quase toda a vida de Thiago, Geovana contou para sua amiga e deste então, Rebeka não tirou mais aquele rapaz do seu pensamento. Thiago havia sido o primeiro rapaz a lhe despertar um tipo de sentimento o qual ela jamais havia experimentado em sua vida. A partir daquele dia sempre que era preciso ir ao mercado ela se prontificava a ir não questionando nunca quando era intimada. As ocasiões sempre lhe eram propicias pois tudo valia a pena quando o assunto era reencontrar e ver o Thiago.

Em uma certa tarde, Ana Paula precisou de alguém para ir ao supermercado comprar açúcar e logo Rebeka se prontificou dizendo:

——Eu vou mamãe!

Ana Paula desconfiando das atitudes de sua filha lhe disse:

——Rebeka você está muito estranha, o que você está fazendo de errado?

——Nada mamãe! Estou fazendo um trabalho com a Geovana e por isso preciso passar na casa dela. Neste momento, Rebeka pegou o dinheiro e saiu.

—Sei não, viu! Acho que minha filha está aprontando alguma coisa,

—Pensou Ana Paula.

Chegando ao supermercado, Rebeka logo viu o Thiago repondo as mercadorias nas prateleiras. Quando ela passava por ele o seu coração disparava, a sua mão gelava e isso aos poucos ia alimentando cada vez mais o sentimento que estava nutrindo por ele.

Thiago naquele momento deixou sua timidez de lado e escreveu algo em uma folha de rascunho entregando a menina quando ela estava saindo do mercado. Rebeka saiu correndo em direção a sua casa e largando a mercadoria na mesa da cozinha foi direto para o quarto, trancou a porta e ansiosa leu o recado que dizia:

"Seus olhos são lindos. Vou para igreja com meus pais no domingo e na metade da missa te darei um sinal e irei para trás da igreja. Quero muito conversar com você e te conhecer melhor".

Após ler a mensagem de Thiago, ela telefonou muito feliz para sua prima Geovana e contando o ocorrido.

No domingo Rebeka colocou o seu mais lindo vestido e foi com a sua família para igreja. Sua mãe que observava toda a sua inquietação lhe perguntou:

—Filha, por que você colocou este vestido? Ultimamente você anda muito estranha.

—Vamos logo mamãe! Combinei de passar na casa da Geovana.Não podemos demorar muito porque se não chegaremos atrasadas na igreja e não conseguiremos assentos.

Ao chegar à igreja, Rebeca logo avistou o Thiago e o seu coração começou a saltitar de alegria e permaneceu ali ansiosa sempre olhando na direção dele a espera do tão esperado sinal.

Meia hora depois, Thiago deu duas piscadas para Rebeka e segredou aos seus pais que precisava ir ao banheiro. Neste mesmo instante, ele saiu. Rebeka então fez o mesmo:

—Mãe! Vou ao banheiro. —— Disse ela.

—Pede para Geovana ir com você! ——Respondeu Ana Paula.

As duas então saíram em direção ao banheiro.

—Geovana, vou para trás da igreja encontrar-me com o Thiago e você fica de olha nos meus pais. Se eles estiverem vindo você corre e me avisa. —— Combinou com a prima.

—Ok, prima! —Concordou Geovana!

Antes de seguir para os fundos da igreja, Rebeka respirou fundo, arrumou os cabelos e seguiu em direção ao seu tão sonhado momento.

Thiago também tímido, tirou do bolso de sua calça uma caixinha e entregou a ela dizendo:

—Isto aqui é para a pessoa mais linda que já conheci.

Ao abrir a caixinha, constava um anel. Rebeca, feliz respondeu:

—Que lindo! Obrigada.

—De nada! Meu pai só não precisa saber. Peguei da loja escondido dele. Os dois começaram a sorrir.

—Quer namorar comigo? Perguntou Thiago. Intrigada, Rebeka lhe perguntou:

—E os nossos pais?

—A gente conta para eles depois.

Em seguida Rebeka concordou. Um tanto tímidos e meios sem jeito ambos uniram os lábios em um beijo apaixonado e depois voltaram rapidamente para a dentro da igreja.

Naquela noite, em seu quarto, deitada em sua cama Rebeka ficou a pensar e reviver a lembrança e o sabor do seu primeiro beijo. Aquele beijo doce e maravilhoso que havia dado em Thiago. Abraçada ao seu urso, ela fechou os olhos, apertou-o fortemente e disse para si mesmo sussurrando:

—Estou apaixonada!

A partir de então, ambos ficaram namorando escondidos por alguns meses e depois oficializaram de vez o namoro perante aos seus pais.

***

CAPITULO 2

A CHEGADA DE ANA CLARA, ENCONTROS E DESPEDIDAS

Três anos após, Rebeka e Thiago se casaram. Na lua de mel juraram amor eterno um ao outro.

—Rebeka você promete que sempre será minha? Aconteça o que acontecer manteremos sempre vivo este amor um pelo outro? Perguntou-lhe o Thiago sentindo-se muito feliz.

—Sim! Prometo meu amor.

Na volta da lua de mel os dois foram morar na casa dos pais de Thiago, pois por ser filho único e a casa bem grande com muitos quartos desocupados não havia necessidade de viverem a partir de então fora dali.

No ano seguinte após o casamento, Rebeka agora com dezenove anos, descobriu que estava grávida de Thiago. Esta notícia trouxe muita felicidade para a família.Os dois então decidiram que independentemente do sexo dariam o nome de seus pais ao filho ou filha que iria chegar.

Nove meses se passaram e agora com vinte anos de idade, Rebeka começou a sentir as contrações e toda a família foi acionada.

Sob o impacto de uma forte chuva, muitos raios e trovões, Rebeka ficou impossibilitada de ser levada ao hospital. Com isso, o médico da Família foi chamado às pressas. O Dr° Cláudio então fez o parto ali mesmo.

Toda a família estava reunida na casa dos pais do Thiago à espera do nascimento de mais um membro da família e após o término dos gritos de Rebeka, o silêncio tomou conta daquela casa por alguns segundos e de repente foi rompido pelo o choro do bebê. Nascera então a filha de Rebeka e Thiago, tão forte e saudável como era esperado.

Após o nascimento, Thiago entrou no quarto estonteante de alegria e ao ver a sua filha sendo colocada nos braços de sua querida esposa começou a chorar de emoção. Então ele a abraçou, beijou a sua filha e olhando dentro dos olhos de sua amada disse:

——Ela é linda igual à mãe! Ela vai se chamar Ana Clara. Ana nome de sua mãe e clara, nome da minha mãe.

Muito feliz Thiago, foi até a sala e comemorou junto com a família.

Alguns meses após o nascimento de Ana Clara, Thiago continuava a ajudar os seus pais na mercearia e Rebeka ficava em casa cuidado de sua filha com o auxílio de sua mãe e sua sogra.

A cada dia que passava, Rebeka entendia mais um pouco o conceito do que é ser mãe, adquirindo mais aprendizado experiência e nutrindo mais amor pela sua filha. Sempre com a sua filha no colo, Rebeka lhe fazia promessas como:

—Filha, não vou deixar nada de ruim acontecer com você, sempre estarei ao seu lado te protegendo. Nem que eu tenha que te dar a minha própria vida. Nesses momentos Thiago sempre se aproximava para dar um sublime beijo na filha e alimentar ainda mais as promessas de Rebeka.

—Eu também vou te proteger meu bebê. Só espero que quando você crescer não nos abandone. Olhava sempre para Rebeka a sorrir e lhe dava um beijo carinhoso.

Oito anos se passaram, e Thiago recebeu uma proposta de seu tio

Cristiano, irmão de seu pai, o qual tinha uma grande rede de supermercado em Brasília e ele queria que Thiago fosse trabalhar lá como gerente e com um salário irrecusável. Logo, Thiago aceitou a proposta do seu tio e tentou convencer Rebeka a ir com ele levando a sua filha. Rebeka não gostou da ideia em ter que deixar a sua família para trás em busca de um mundo desconhecido, porém acabou aceitando a ideia do marido e disse:

—Amor, vou sentir muita falta da minha família, mas se lá não der certo a gente volta para nossa cidade. Vou fazer isso porque sei que você quer muito e como esposa fiel irei te acompanhar em nome dos seus objetivos.

Thiago respondeu:

—Tudo bem, amor! Se não der certo a gente volta. Meu tio está me dando todo o suporte e até alugara uma casa para morarmos próximo ao supermercado que vou trabalhar. Brasília é uma cidade grande e lá podemos crescer tanto profissionalmente e teremos mais possibilidades para oferecer um estudo de qualidade para a nossa filha. Aqui nesta cidade não teremos nenhum progresso. Nossos pais estão aqui porque já são de idade e querem mais sossego. Vai dar tudo certo meu amor!

Quando Ana Clara entrou de férias na escola, Thiago e Rebeka resolveram então partir para Brasília. Contrataram um caminhão para realizar a mudança e no dia aconteceu a triste despedida das duas famílias.

Ana Paula que nunca havia se separado de sua filha Rebeka debulhou-se em prantos dizendo:

—Filha, mamãe te ama. Qualquer coisa me liga.

—Tudo bem mamãe, vou te ligar todos os dias. Qualquer coisa se não der certo a gente volta.

Foi uma despedida lastimável para ambas as famílias.

Chegando a Brasília, Rebeka e Thiago foram recepcionados pelo seu tio Cristiano. Em seguida seu primo Carlos, filho de seu tio Cristiano, já com vinte e cinco anos de idade e ainda solteiro, levou o casal e a menina para conhecerem a casa que eles haviam alugado.

Uma semana após a mudança e com a casa já organizada, Thiago começou a trabalhar como gerente no supermercado ao lado de seu primo Carlos que trabalhava na área financeira. Ambos se tornaram grandes amigos e

Rebeka ficava em casa somente cuidando do lar e de sua filha Ana Clara.

***

CAPITULO 3

DIAS FELIZES EM BRASÍLIA

Ana Clara com oito anos foi matriculada na escola bem próxima de casa no turno da manhã. E todas as manhãs, ao nascer do sol, lá seguiam as duas a caminho da escola. Essa era a rotina de Rebeka todos os dias enquanto Thiago seguia para o seu trabalho.

Certo dia, a caminho da escola, Ana Clara chegou para a sua mãe e disse:

——Mamãe, estou com saudades de minha vovó, do vovô e dos meus tios.

——Não fique assim filha! Logo, logo iremos visitá-los o quanto antes. Mamãe também está com muitas saudades deles. Não fique triste! Vai dar tudo certo. ——Argumentou Ana Paula.

Praticamente quase todos os dias Rebeka ligava para os seus pais e seus sogros.

Próximo a casa alugada, havia um restaurante da dona Valdirene, uma mulher de quarenta e cinco anos de idade, casada com Pedro cinco anos mais velho do que ela. De vez em quando nos finais de semana Thiago e Rebeka iam almoçar por lá.

Ana Clara, com o seu jeito comunicativo, acabava conversando com Valdirene e logo Thiago e Rebeka passavam a conversar com a proprietária do restaurante também sempre elogiando a sua comida.

——Sempre que não estou muito disposta a fazer comida em casa nos finais de semana, venho almoçar aqui no seu restaurante com o meu marido e a minha filha. Quero parabenizá-la pelos seus dotes culinários. Muito boa a sua comida! Moramos aqui ao lado e chegamos recentemente da Paraíba. Vou vir aqui sempre, pois preciso aprender algumas receitas com você. Minha mãe era quem me ensinava a cozinhar.

As duas começaram a sorrir e Valdirene respondeu:

——Que é isso, muito obrigada pelo elogio e venha sempre quando quiserem. Será uma satisfação tê-los aqui no meu restaurante. Sempre quando quiserem vir estarei à disposição! Este restaurante é minha casa e por isso estou aqui sempre. Tem mais de trinta anos que trabalho neste restaurante. Comecei aqui aos meus quinze anos com a minha mãe. Ela morreu do coração! Antes de sua morte ela sempre pedia para eu cuidar bem deste lugar que ela tanto amava e por isso estou aqui até hoje.

——Mas eu quase não te vejo aqui fora, somente aquele senhor e as ajudantes. ——Argumentou Ana Paula no que respondeu a senhora:

——Como eu sou a cozinheira fico mais lá dentro e aquele do caixa é o meu esposo. Se não fosse ele não sei o que seria da minha vida. Nestas horas é bom ter um homem para nos ajudar.

As duas sorriram juntas novamente.

A partir deste dia Rebeka e Valdirene tornaram-se grandes amigas e confidentes. Rebeka quando estava em casa sem fazer nada corria ao restaurante da Valdirene para conversarem e acabava lhe ajudando na cozinha também.

Após dois anos morando em Brasília e com muito trabalho sem férias, Thiago, Rebeka e sua filha já se sentiam bem adaptados e com as suas economias compraram um carro novo. Logo no final do ano de mil novecentos e noventa no mês de dezembro, mês das primeiras férias vencidas de Thiago no trabalho e de Ana Clara da escola. Eles se programaram para irem de carro visitar a família que já não via há dois anos e assim passarem o natal com toda a família reunida.

Já na cama, deitados para dormirem, Rebeka se mostrou preocupada com o marido e lhe disse:

—Amor! Acho melhor irmos de ônibus, pois você não conseguirá dirigir

sozinho por estas estradas.

—Não se preocupe amor! Vou falar com o meu primo Carlos para ir conosco. Assim nós dois vamos revisando no volante. Ele havia comentado comigo que queria conhecer a nossa cidade e toda a nossa família. Isso vai ser muito legal.

Mais calma, Rebeka abraçou o seu marido, disse o quanto o amava e dormiram bem juntinhos como era de costume. No dia seguinte no trabalho, Thiago estava conversando com Carlos sobre o assunto.

—Carlos, em dezembro estarei de férias e iremos para a Paraíba. Rebeka não quer que eu vá dirigindo sozinho o carro. Você havia comentado que queria conhecer o restante da sua família e estou te convidando para ir com a gente, assim revezaríamos no volante.

—Tudo bem primo! Só precisarei conversar com o meu pai para ele tomar conta do meu setor. Te confesso que estou querendo muito viajar. Tem mais de anos que não sei o que é férias e esta será uma oportunidade para sair um pouco da loja. Como será maravilhoso conhecer a minha família, meu pai com certeza vai permitir.

Após dias de preparativos, chegou o tão esperado dia. O dia em que partiriam para o encontro das duas famílias as quais há dois anos não se viam. Ana Clara já com dez anos de idade era uma garota linda, esperta e educada. Sempre demonstrava o amor que sentia pelos seus pais e a saudade pelos seus avós e tios.

***

CAPITULO 4

A VIAGEM TÃO SONHADA E UM TOQUE DE AMOR

Todas as malas já estavam no carro, Rebeka e Ana Clara no banco de trás, Thiago no volante e Carlos no banco de passageiro. Thiago perguntou:

— Todos estão com o cinto de segurança?

—Sim! —Responderam todos.

Após longos quilômetros rodados, Carlos e Thiago sempre revezavam o volante e durante a viagem os quatros conversavam, brincavam, sorriam e apreciavam a beleza das paisagens. A cada quilômetro rodado aumentava a ansiedade de reverem as suas famílias. Após as onze da manhã, Ana Clara olhou para seu pai no volante e disse:

—Pai! Estou com fome e quero ir ao banheiro.

—Espere um pouquinho minha filha, que papai vai parar no próximo restaurante para comermos algo e você vai ao banheiro com a sua mãe. Se você não aguentar até lá, me avisa que papai pára o carro na estrada.

Depois sugeriu:

—Rebeka, dê algo para a nossa filha comer até chegarmos a um restaurante.

Após uma hora, Thiago encontrou um restaurante na estrada e

estacionou o carro. Fizeram os seus pratos e sentados na mesa começaram a comer. Eles sabiam que após a refeição precisavam descansar um pouco para depois darem continuidade na viagem.

Enquanto os quatro estavam almoçando no restaurante, no sentido contrário, encontraram-se com o Josué, um caminhoneiro na estrada com destino a Brasília, do qual faria uma entrega de mercadorias de produtos alimentícios. Josué, também estacionou no mesmo restaurante para almoçar. Fez o seu prato e vendo que todas as mesas ocupadas, ele pediu licença e sentou juntamente com outro motorista chamado Sérgio o qual estava em uma mesa sozinho. Os dois almoçaram juntos e começaram a conversar. Após o almoço, Josué pediu uma cerveja, começou a beber e indignado com a sua esposa, começou a conversar com Sergio.

—Amigo, a pior coisa é você lutar pela vida, pegar estas estradas para sustentar a sua família e depois ficar sabendo que a sua esposa está te traindo com outro cara.

—Você pegou a sua mulher com outro? Perguntou Sérgio.

—Minha mulher chegou até a mim, disse que o meu trabalho está atrapalhando a nossa relação e disse que não daríamos mais certo. Falei que iria sair desta profissão para ficar com eles, mas para isso disse a ela que eu precisaria arrumar um outro emprego. Quando aceitei esta profissão de motorista eu estava desempregado e precisava colocar comida dentro de casa. Ela simplesmente não me quer mais. O Chico um amigo meu disse que ela estava saindo com um cara e para eu não fazer besteira peguei o meu caminhão e vim para a estrada.

Enquanto Josué relatava vida e sua prévia separação, cada vez ia ingerindo bebida alcoólatra sem se preocupar com a sua viagem.

—Tenho que ir agora amigo. Boa sorte para você! Disse Sergio levantando da mesa!

Josué, já com os olhos vermelhos de cansaço e meio embriagado, voltou para o caminhão indignado com a sua esposa e ao invés de descansar, continuou a sua viagem sem se preocupar com a fiscalização, pois havia ingerido bebida alcoólatra.

Enquanto isso, após descansarem, Thiago, resolveu dar continuidade a viagem e foi em direção ao carro. A sua filha Ana Clara lhe disse:

—Papai, quero que o senhor vá atrás comigo.

Thiago então decidiu passar a chave do carro para Carlos e pediu para Rebeka ir no banco de passageiro que ele iria prosseguir a viagem no banco de trás com a sua querida filha. Então todos dentro do carro e com cinto de segurança continuaram a viagem.

Após algumas horas de viagem, Ana Clara avisou ao seu pai que estava com frio e pediu para que ele a abraçasse. Thiago retirou o seu cinto de segurança, cobriu a sua filha com um cobertor e ao abraçá-la disse-lhe:

—Papai te ama muito filha! Eu sempre cuidarei e protegerei você e a sua mãe.

—Eu também te amo papai.

Rebeka ouvindo isso brincou:

—Estou com ciúmes de vocês hein! E começaram todos a sorrir.

—Também te amo mamãe. Amo vocês dois e o titio Carlos, disse Ana Clara.

Por terem almoçados há poucas horas antes, Thiago e Ana Clara acabaram dormindo abraçados e depois de algumas horas de viagem, faltando apenas cem quilômetros para chegarem a Paraíba ao efetuar uma curva Carlos se deparou com um motorista imprudente de um caminhão na contra mão. Tentou desviar e o inesperado aconteceu. Perdeu o controle do carro, saiu da estrada e caiu em uma ribanceira chegando a capotar o carro várias vezes.

Na contramão, vinha o caminhão de Josué que havia ingerido bebida alcoólica e cansado acabou dormindo ao volante, mas com o barulho do carro do Thiago, Josué acordou assustado e conseguiu controlar o seu caminhão. Mas já era tarde. A tragédia já havia acontecido. Sabendo que poderia ser preso pelo que causou e pelo fato de estar embriagado, seguiu em frente sem prestar socorro às vítimas.

Com o carro capotado, Rebeka acordou muito assustada, percebeu que estava com alguns cortes na cabeça e no seu corpo. Deparou-se com a situação e entrou em desespero. Começou a chorar chamando pela sua filha e pelo seu marido. Olhou para o seu lado e viu o Carlos desacordado no banco do motorista e ao olhar para trás viu a sua filha assustada também acordada. Ao olhar para a sua mãe, Ana Clara começou a gritar e a chorar desesperadamente. Rebeka não viu o Thiago no carro. Conseguiu então tirar o seu cinto de segurança e saiu do carro. Chorando, Rebeka pediu para que a sua filha ficasse calma.

Conseguiu abrir a porta traseira, tirar o cinto de sua filha e a segurou fortemente no colo. Depois a colocou sentada distante do carro e foi tentar tirar o Carlos das ferragens. Conseguiu abrir a porta do motorista, porém não consegue tirar o Carlos do carro. O mesmo ainda continuava desacordado com as suas pernas presas nas ferragens. Logo Rebeka se desesperou e gritou por Thiago. Foi até a sua filha, pegou-a pelos braços e seguiu em direção a estrada para pedir socorro. De repente viu o Thiago desacordado alguns metros do carro. Colocou a mão no olho de sua filha e pediu para que ela não visse o seu pai naquele estado e seguiu correndo gritando por socorro.

Naquele momento, parou uma van escolar com três amigos dentro e vieram para ajudá-la. Enquanto um cuidava de Thiago, os outros dois foram tentar tirar Carlos das ferragens enquanto Rebeka ligava para polícia pedindo socorro.

Carlos acordou e foi retirado do carro. Enquanto isso verificavam o pulso de Thiago e detectaram que ele ainda estava vivo.

Por não saberem em quanto tempo chegaria à ambulância e a polícia, os três amigos levaram o pessoal para um hospital mais próximo. No caminho do hospital Ana Clara assustada e abraçada a sua mãe perguntou:

—Mamãe! Papai está bem? Estou com medo. Quero voltar para casa.

—Não fique com medo filha! Mamãe está aqui. Vai dar tudo certo!

Neste momento Rebeka chorando apertou a mão de Thiago ainda desacordado e disse baixinho:

—Meu bem, não me deixe! Seja forte. Nunca pensei na minha vida sem estar ao seu lado. Você tem uma filha que também precisa muito de você. Logo, logo tudo voltará a ficar bem e esse pesadelo vai passar.

***

CAPITULO 5

E ELE NOS DISSE ADEUS

Chegando no hospital, Thiago por ainda continuar desacordado foi levado rapidamente pelos médicos para receber os primeiros socorros e os três foram encaminhados para outra sala. Rebeka ligou para os seus pais e informou o que acontecera. Depois muito preocupada, Rebeka sempre perguntava para os enfermeiros sobre o seu marido.

Ao ver um médico entrar em seu quarto, Rebeka aflita logo perguntou:

—Doutor! Cadê o meu marido? Ele está bem? Você falou para ele que nos três estamos bem? Quero ver o meu marido!

—Calma senhora! Fique Calma. Disse o médico à Rebeka tentando acalmá-la. —Alguns exames foram realizados, o seu marido sofreu um traumatismo craniano. Quando o mesmo chegou ao hospital ainda estava vivo, porém com os seus batimentos cardíacos muito fracos nós tentamos reanimá-lo, mas... desculpe nós fizemos de tudo que estava ao nosso alcance, mas infelizmente o seu marido veio a óbito. Lamento muito!

Ao ouvir a notícia da morte de seu marido, Rebeka se desesperou.

Chorando tentar se levantar da cama e segurada pelos enfermeiros começa a gritar:

——É mentira! Ele não morreu. Thiago meu amor, não me deixe. Não me deixe! Não me deixe! ——E continuou a chorar desesperadamente.

Uma cena dramática aconteceu no quarto daquele hospital e todos ficaram muito comovidos com aquela situação. Enquanto isso, Ana Clara estava no quarto de pediatria.

Mais calma Rebeka foi até o quarto de sua filha, abraçando-a fortemente e chorando lhe disse:

——Filha! Papai te ama muito. Ele sempre quis te dar o melhor nesta vida. E sempre me dizia que nos duas éramos o amor da vida dele.

Ana Clara então argumentou:

——Eu também amo o papai, mamãe! Por que ele não veio com a senhora? Ele está bem? Por que a senhora está chorando? ——Pergunta Ana Clara.

——Filha, Papai teve que partir para bem longe e não poderá mais acompanhar nós duas nesta vida. Papai morreu minha filha!

Neste momento Rebeka chorou mais ainda e Ana Clara ao ouvir ficou sem entender o que acontecera com seu pai. As duas se abraçaram fortemente.

—Por que papai morreu mamãe? Todos nos sobrevivemos, por que ele não?

—Ele estava sem o cinto de segurança minha filha e foi jogado para fora do carro. —— Respondeu Rebeka inconformada.

Neste momento, Ana Clara recordou o momento quando disse ao seu pai que estava com frio e o mesmo tirando o cinto de segurança a embrulhou e abraçou e, acusou a si mesma.

—Papai morreu por minha causa mamãe! Ele tirou o cinto por minha causa e acabamos dormindo juntos abraçados.

—Para com isso minha filha! Não foi sua a culpa. Deus sabe o que faz.

Sem mais argumentos para dizer a sua filha, Rebeka apenas abraçou-a dizendo:

—Não fique com medo minha filha. Vai ficar tudo bem. Eu nunca vou te deixar e o papai sempre estará ao nosso lado nos protegendo.

Enfim, Rebeka tivera ferimentos na cabeça e no corpo, Ana Clara ferimentos leves, Carlos fraturas na perna esquerda devido terem ficadas presas as ferragens e Thiago infelizmente não conseguira sobreviver, pois dormia no carro abraçado com a sua filha sem o cinto de segurança. Devido a isso, o seu corpo fora jogado para fora do veículo no momento em que o mesmo capotava e batera a sua cabeça nas pedras que haviam no local.

Horas após, chegaram todos os familiares de Rebeka e Thiago. Todos inconformados com a situação e começaram a chorar copiosamente após saberem da notícia da morte de Thiago. Neste momento o cenário era de muita dor e desespero.

No dia seguinte o corpo de Thiago foi liberado e levado para sua cidade natal e depois foi velado. Todos estavam inconsolados pela morte de Thiago. Seus pais haviam perdido o seu único filho que há dois anos não viam. No velório, Clara, mãe de Thiago se aproximou do caixão e disse:

—Meu querido filho! Se eu pudesse trocaria a minha vida pela sua. Sempre me preocupava em te deixar sozinho nesta vida quando eu morresse. Mas você foi primeiro. Nunca imaginei que pudesse sentir tanta dor. Ouvindo isso, Mário seu esposo, aproximou-se de Clara e abraçou-a dizendo:

—Vamos querida! Nosso filho ficará bem.

O mesmo foi velado e enterrado ao lado de sua avó paterna e todos voltaram para os seus respectivos lares.

Rebeka levou Ana Clara para casa de seus pais. O que era para ser uma viagem de muita emoção passou a ser de muita melancolia.

Após quinze dias, seria o natal! Toda a família se reuniu e ao invés de festas, apenas uma missa para Thiago. Uma missa com vários cânticos lindos. Quando passou a música do seu casamento com Thiago, Rebeka chorando fechou os olhos e lembrou- se do momento em que estava com o seu marido no altar. Após a missa, no caminho para casa, Ana Paula, mãe de Rebeka disse-lhe:

—Filha, venha morar conosco! Naquela cidade você não terá ninguém para te ajudar. Venha ficar com a sua família. Aqui te daremos todo apoio e ainda terá a família de Thiago para te ajudar. Eles vão precisar da neta deles para suprir a falta de Thiago.

—Mamãe! Não é tão simples assim. Tenho que voltar para resolver algumas pendências. Ana Clara precisará voltar a estudar e lá ela terá uma boa educação. Aqui não tem muitas oportunidades para ela.

— Minha filha, então vou deixar seus irmãos ajudando o seu pai e vou para Brasília com você. Lá vou te fazer companhia até você retomar suas forças. Ainda está muito recente a morte do Thiago. Você precisará de mim.

— Não é necessário mamãe! Mas se a senhora faz questão então tudo bem. Com a senhora lá, Ana Clara terá alguém a mais para se descontrair.

Ao chegar em casa Ana Paula contou a decisão ao seu marido:

—Ricardo, quando nossa filha voltar à Brasília irei com ela. Ficarei por lá o tempo necessário para que ela se sinta melhor. Com a morte recente de Thiago ela está muito frágil. Paulo e Mateus vão ficar para te ajudar.

—Tudo bem, querida! No que for preciso todos nós faremos o possível para que a nossa filha supere esta fase.

Quinze dias após Rebeka resolveu voltar à Brasília e levando a sua mãe consigo para lhe fazer companhia. Passou na casa de seus sogros para que Ana se despedisse de seus avos e os dois disseram:

——Rebeka, fique tranquila porque nós sempre iremos lhe ajudar no que for preciso. Enviaremos todo mês um valor para lhe ajudar nas despesas com a nossa netinha. Pode contar conosco sempre que precisar.

——Obrigado sogros! No momento confesso que vou precisar desta ajuda sim até eu me estabilizar. Seu filho era o meu alicerce e sem ele terei que recomeçar a minha vida.

Em seguida, as duas famílias se despediram e seguiram viagem em direção a Brasília. Chegando na rodoviária de Brasília, Rebeka chorou ao lembrar de quando chegou com Thiago em Brasília. Foi um dia onde Thiago dizia que Brasília iria proporcionar bons momentos.

Ao abrir a porta de sua casa, Rebeka se deparou com os pertences de seu marido e se emocionou. Ela foi até o seu quarto, viu uma camiseta em cima da cama, passou sobre o seu rosto e chorou de saudade. As fotos dele com ela e sua filha no criado mudo, os seus sapatos, o seu uniforme de trabalho. Tudo fazia lembrar-se de seu querido marido. Quando olhou para porta do quarto, viu a sua amiga Valdirene. Foi ao seu encontro, abraçou-a fortemente e as duas choraram juntas.

Depois de alguns dias fazendo companhia para sua filha e sua neta, Ana Paula foi embora e Ana Clara voltou a estudar.

***

CAPITULO 6

ANJOS NO CAMINHO E O AMOR EM UM CORAÇÃO DE PAPEL

Passando a sobreviver agora com a pensão de Thiago e com a ajuda de seus sogros, Rebeka tentava retomar a sua vida e para não ficar em casa se lamentando pela morte do seu esposo se dedicava exclusivamente a sua filha Ana Clara, para que a mesma pudesse ter um bom estudo e um futuro de sucesso.

Um certo dia, Valdirene deixou o seu esposo cuidando do restaurante e foi à casa de sua amiga Rebeka fazer-lhe uma visita. Ao chegar encontrou a porta encostada, entrou e se deparou com Rebeka chorando com a mão no peito.

—Não fique assim amiga! Deus sabe o que faz. — E emocionada

Valdirene também começou a chorar.

—— Por que ele me deixou? Por que ele me deixou? ——Perguntou Rebeka inconformada. Depois mais calma Rebeka disse a sua amiga Valdirene:

——Amiga, preciso fazer algo para entreter-me. Se ficar em casa sozinha vou acabar entrando em depressão. Gostaria de saber se tem como me dar um emprego no seu restaurante. Quero fazer algo! —— Rebeka sugeriu.

——Lógico que sim amiga! Será uma satisfação tê-la trabalhando comigo. Saiba que no que eu puder fazer para ajudar sempre poderá contar comigo.

——Obrigado pela força amiga. Quando poderei iniciar?

——Amanhã bem cedo! E não se atrase no dia primeiro dia de trabalho. Após sorrirem as duas se abraçaram.

Todas as manhas, ao nascer do sol, Rebeka levava a sua filha na escola e ao deixar Ana Clara por lá, ia direto para o restaurante de Valdirene trabalhar. No restaurante as duas trabalhavam juntas e ficavam conversando sobre diversos assuntos.

Depois da morte de Thiago, Rebeka e sua filha Ana Clara sempre dormiam juntas. Nunca dormiam separadas. Sempre uma fazendo companhia para a outra.

No dia das mães a escola onde Ana Clara estudava, Rebeka foi convidada para participar de um coral que os alunos fariam para homenagear as suas mães. Ao ver a sua filhinha cantando os seus olhos se encheram de lagrimas. No final da apresentação a professora disse:

—Senhores Pais, em sala de aula pedi para cada aluno desenhasse algo que desejariam muito dar para as suas mães neste dia tão especial.

Ana Clara então abraçou a sua mãe e lhe entregou o seu desenho. Era um lindo coração desenhado. E Ana Clara disse:

—Te amo mamãe!

Rebeka então abraçou a sua filha e também lhe disse que a amava.

Treze anos se passam e no restaurante de Valdirene, cheio de cartazes e balões, aconteceu um grande almoço surpresa comemorando a aprovação de Ana Clara na faculdade de medicina. Por ser uma garota sempre dedicada aos estudos, ganhou uma bolsa de 100% devido a sua classificação no vestibular.

——Parabéns minha filha! Se o seu seu pai estivesse vivo, estaria com muito orgulho de você! —— Disse Rebeka para a sua amada filha.

——Mamãe, a senhora é a minha motivação. Prometo nunca te deixar. Te amo muito! Você é tudo que tenho neste mundo. Neste momento, as duas se abraçaram felizes.

Todos almoçando e parabenizando Ana Clara por mais aquela conquista. Algumas horas depois, Valdirene sentiu a ausência de Rebeka e foi a procura dela por toda parte do restaurante e a encontrou sentada no banheiro chorando com a mão no peito.

——Que foi amiga!

——Nada Valdirene.

——Como assim nada! Você está chorando. Conte-me! Sabes que pode confiar em mim.

——De uns dias para cá, tenho sentido umas fortes dores no peito e a cada dia esta dor aumenta mais e mais. Tenho medo de ser algo grave. Não posso morrer. Ana Clara ainda precisa de mim. Não posso deixa-la sozinha.

——Pára de falar bobagem Rebeka! Não é nada sério. Depois vamos ao médico e faremos alguns exames. Vou pegar um medicamento para passar a dor.

——Não conte nada para minha filha! Não quero que ela fique preocupada comigo neste dia tão especial da vida dela. Eu a tenho poupado falar de minha saúde com receio de prejudicá-la nos estudos. Ela é muito apegada a mim e sei que ficaria muito preocupada comigo.

——Tudo bem, prometo não contar nada a sua filha!

Valdirene procurou acalmar Rebeka, deu-lhe um medicamente e depois as duas seguiram para o salão do restaurante para dar continuidade a festa, mas, Ana Clara notando que sua mãe havia chorado perguntou-lhe:

——Que foi mãe.

——Lembrei do seu pai filha. —— Disfarçando.

——Não fique triste mamãe. Papai sempre estará com a gente.

Mais tarde, Ana Clara agradeceu a presença de todos, a sua mãe a qual devia a vida e a Valdirene e seu esposo, pessoas tão maravilhosas que um dia, Deus havia posto em seu caminho.

Após há alguns meses, Ana Clara iniciou a sua faculdade e logo no primeiro dia de aula conheceu Luana, uma garota da mesma idade que a sua a qual se sentara ao seu lado. As duas conversaram sobre suas vidas e a partir deste momento passaram a ser amigas.

No segundo dia de aula entrou na sala a professora Carolina que lecionava na área de infectologia. Ela logo foi descontraindo a turma desejando boas-vindas aos calouros. Carolina era cardiologista, casada com Eduardo neurocirurgião, funcionária pública e trabalhava no maior hospital de Brasília o "hospital de Base". Este hospital realizava mais de seiscentos mil atendimentos no pronto-socorro e no ambulatório por ano onde ainda eram realizadas em torno de doze mil cirurgias. O ambiente contava com duzentos banheiros, catorze elevadores, e possuía cinquenta e dois mil metros quadrados de área construída.

Carolina tinha um irmão que se chamava Samuel, também cardiologista. Samuel e Eduardo eram sócios de uma clínica. Pela manhã, Carolina se dedicava ao hospital e a noite lecionava na faculdade e, quando era preciso, prestava serviços para a empresa de seu esposo e seu irmão.

Ana Clara por ser uma estudante dedicada e participativa em todas as aulas, logo ganhou admiração da professora Carolina.

Todos os dias Ana Clara e Luana, sempre sentavam próximas e uma ajudava a outra em seus trabalhos de faculdade. Nos intervalos Luana por ser a mais sapeca, comentava sobre os garotos do pátio e as suas intimidades. A princípio Ana Clara ficava tímida, mas depois se descontraia com a sua nova amiga.

Dias após, Luana convidou Ana Clara para fazerem um trabalho juntas em sua casa. No que logo Ana Clara respondeu:

—Não posso ir para sua casa. Prometi nunca deixar minha mãe sozinha!

Seria mais viável você vir para minha casa.

—Tudo bem amiga, vou para sua casa! Mas no próximo trabalho iremos fazer na minha casa.

Chegando em casa Ana Clara comunicou a sua mãe que Luana iria fazer um trabalho em sua casa.

—Que bom minha filha, você precisa realmente fazer novas amizades. Disse Rebeka. No dia seguinte, Luana chegou dirigindo o carro de seu pai e logo foi recebida por Rebeka.

—Entre minha filha! Ana está no banho e logo sairá. Depois ofereceu algo para Luana comer e beber e, enquanto Ana Clara estava no banho Rebeka conversou com Luana:

—Minha filha comenta muito sobre você e me disse que você é a melhor amiga dela. Obrigado por tudo que faz por ela. Depois que o pai dela morreu vivemos juntas aqui nesta casa. Ela nunca se envolveu com mais ninguém. Não sai e só estuda! Ela não gosta de me deixar sozinha.

—Eu também gosto muito dela. Inclusive ela contou que o pai dela morreu em um acidente. Que coisa triste hein! Até comentou que o pai dela morreu por causa dela. Mas não quis entrar em detalhes e disse que depois me contaria.

—Até hoje Ana Clara se sente culpada pela morte do seu pai. Ela fala que se ele estivesse com o cinto de segurança não teria morrido.

—Mas por que ele não estava com o cinto?

—Quando fomos visitar a nossa família pela primeira vez, Ana Clara tinha dez anos. O pai dela tinha recém comprado um carro e durante a viagem ela pediu para ele ir atrás com ela. Ana Clara disse para ele que estava com frio e ele tirou o cinto, a cobriu com um cobertor, abraçou-a e acabou dormindo pois tínhamos acabado de almoçar. Quando aconteceu o acidente ele estava dormindo abraçado com ela.

—Que triste hein tia! Respondeu Luana. Neste momento Ana Clara saiu do banheiro vindo cumprimentar a amiga.

—Oi amiga, o que vocês estão conversando?

—Estou aqui conhecendo a sua amiga filha, responde Rebeka.

As duas iniciaram o trabalho e ao terminarem, Luana foi para a sua casa.

***

CAPITULO 7

JURAS ETERNAS DE AMOR E OS RECADOS DO CORAÇÃO

Trabalhando no restaurante de Valdirene, Rebeka acabou conhecendo vários clientes. Dentre eles, o Diego um engenheiro de uma obra próximo ao restaurante. Diego tinha quarenta e cinco anos de idade e era cinco anos mais velho que Rebeka. Ele era divorciado e tinha três filhos fruto do seu casamento. A princípio Diego demonstrou uma forte amizade por Rebeka e em um certo dia se dirigiu a ela e lhe perguntou:

— Qual é o dia de sua folga Rebeka?

—Não tenho folga. Quando não estou no restaurante estou em casa com minha filha. Por quê?

—Será que sua filha se importaria de um dia você sair comigo? Aceitaria o meu convite para conversarmos fora daqui?

— Desculpe-me, mas depois da morte de meu marido só tenho me dedicado ao meu trabalho e a minha filha. Não sei o que é sair, me divertir! Não me vejo mais nestas condições.

Porém depois de ele tanto insistir, e pela consideração que ela tinha por ele, Rebeka acabou por aceitar o convite e ambos foram para um barzinho bem frequentado da cidade e, entre tantas conversas, Diego acabou revelando a Rebeka o quanto estava encantado por ela desde o primeiro momento em que a viu no restaurante de avental e touca.

— Os seus olhos me fascinam. — Disse Diego!

Rebeka envergonhada respirou fundo e com um leve sorriso respondeu:

—Diego, tenho uma enorme admiração por você! És um cara muito especial, mas, desde quando meu marido faleceu não tive mais cabeça para relacionamentos. Agradeço-lhe pelo carinho que tens por mim, porém, não posso retribuir os seus sentimentos. Aceitei tal convite porque há tempo que nos conhecemos e pelo fato de que estava realmente precisando sair um pouco de casa. Já convidei a Valdirene para sairmos um dia, mas ela é casada e não sai para esses lugares por causa de seu esposo. Minha filha só sai com a amiga dela. Por isso, resolvi aceitar o seu convite para aproveitar uma noite de lua cheia como esta.

——Peço-lhe desculpas pela minha tamanha audácia. Compreendo muito o seu sentimento e o respeito. Entretanto, sempre que precisar de mim estarei a sua disposição.

——Obrigado pela compreensão! Você é um grande amigo.

A partir deste dia Diego passou a olhar para Rebeka como uma grande amiga e sem expectativas, desistiu de seu interesse por ela, tendo apenas uma forte amizade.

No dia seguinte, Rebeka contou tudo para Valdirene.

——Rebeka, se fosse comigo eu não conseguiria ficar muito tempo sem alguém. Você não sente falta de se relacionar? Não tem vontade de ter um outro filho?

—Amiga, quando me casei com Thiago, durante a nossa lua de mel juramos um amor eterno um pelo outro. Sempre tenho vivo este amor verdadeiro aqui dentro de mim. Após a morte de Thiago, Ana Clara ainda quando criança queria ter um irmãozinho. Apenas expliquei a ela que não era tão simples assim. Que quando ela crescesse entenderia o sentido da vida. Que muitas vezes não premeditamos. Apenas acontece.

Neste momento, Pedro, o esposo de Valdirene chegou solicitando a reposição das comidas e logo as duas mudaram de assunto.

Na escola, a professora Carolina por se identificar muito com Ana Clara a propôs:

—Ana Clara, tenho notado que você é uma garota muito estudiosa, educada e esforçada. O hospital que trabalho irá contratar alguns estagiários terceirizados e gostaria de saber se você tem interesse em trabalhar comigo. Vou te dar todo o suporte e se gostar da área poderá ser o meu braço direto por lá.

—Está falando séria professora? Com certeza quero! Assim vou poder ajudar minha mãe nas despesas de casa e já colocar em pratica tudo o que aprendo na faculdade. Quando eu disser isso a ela nem vai acreditar.

Mas quando começarei?

—Vou falar com o diretor do hospital que é meu amigo e depois te aviso.

Ana Clara agradeceu a sua professora pela oportunidade e foi ansiosa para casa contar a novidade para sua mãe. Tentou ligar para sua amiga que havia ido embora mais cedo e não conseguiu. Feliz, contou para sua mãe e depois tentou ligar para sua amiga Luana novamente.

—Amiga você não sabe o que a professora Carolina me propôs. Quer que eu trabalhe no hospital onde ela trabalha como auxiliar dela. Estou doida para começar logo.

—Ana Clara, precisamos comemorar esta notícia. Amanhã terá uma festa e o meu irmão me chamou; eu passo aí e te busco.

—Tudo bem, amiga!

No dia seguinte, Luana pegou o carro de seu pai e foi para casa de Ana Clara buscá-la para a tal festa. Ana Clara colocou um vestido muito lindo, um salto, se maquiou e fez um corte lindo no cabelo. Ao vê-la Luana lhe disse:

—Nossa amiga! Como você está linda. Desde jeito vários caras vão dar em cima de você. E as duas começaram a sorrir.

Na festa, Ana Clara perguntou pelo irmão de Luana que ainda não conhecia.

—Não sei Ana Clara. Deve estar por aí. Quando venho para cá com o meu irmão ele sempre me deixa sozinha. Ele é muito estranho. Vive com os amiguinhos dele.

As duas se divertiam e quando Ana foi ao banheiro, Henrique o irmão da Luana chegou-se a ela e pediu para trocar o carro de seu pai do qual ela havia vindo para a festa com Ana Clara pela moto, pois iria para casa e levaria os amigos dele.

Luana ofereceu cerveja para Ana Clara que lhe respondeu:

—Eu não bebo.

—Hoje estamos comemorando o seu primeiro emprego. Hoje você pode tudo!

E Ana Clara acabou indo na onda de sua amiga. Por não ter costume de beber, acabou ficando bêbada muito rápido. Luana pagou a conta e ao sair para irem embora, Ana Clara bêbada viu a moto de Henrique e perguntou:

—Cadê o carro? Foi roubado ou virou uma abóbora?

—Você está muito bêbada Ana. Sobe na moto e vamos embora.

Ao saírem na moto e bêbadas, Luana ficou preocupada por ver a viatura seguindo-as e começou a ficar desesperada, pois estava dirigindo bêbada. Enquanto a viatura as seguia, Ana Clara de tão bêbada não estava conseguindo segurar direito na moto e ficou balançando-se para os lados. Com medo de Ana Clara cair, Luana lhe disse:

—Ana Clara, se segura! A polícia está se aproximando da gente. Segura em mim, para você não cair da moto.

Logo, Ana Clara bêbada acabou abraçando fortemente a sua amiga Luana por trás. Neste momento a polícia encostou o carro próximo a elas, o policial que dirigia a viatura colocou a cabeça para fora e gritou:

—Isso que é amor hein! E seguiram em frente sorrindo.

Chegando em casa bêbada, encontrou a sua mãe que a esperava dormindo no sofá. Ao ver a sua mãe lhe disse com a voz de bêbada:

—A senhora ainda está acordada?

—Minha filha! Você bebeu?

—Só um copo de cerveja.

Ao responder para a sua mãe, Ana Clara foi direto para o banheiro vomitar. Rebeka lhe deu um banho e ao colocar a filha na cama para dormir Ana Clara disse:

—Mamãe eu te amo! Eu nunca vou te deixar. E ao começar a falar de seu pai começou a chorar. Em seguida dormiu.

No outro dia, Luana ligou para Ana Clara para conversarem sobre tudo que acontecera naquela festa. As duas começaram a sorrir muito ao lembrarem-se dos detalhes. Ana Clara com muita ressaca prometeu que nunca mais iria beber.

Duas semanas após, Ana Clara começou a trabalhar no hospital de base ao lado de sua professora Carolina, passando então a se dedicar de manhã ao trabalho e a noite a faculdade. Logo passou a ver poucas vezes a sua mãe. Sempre que chegava à noite em casa a sua mãe encontrava-se deitada.

Certa noite, quando Ana Clara estava na faculdade, Rebeka em casa sozinha, ligou para Valdirene:

—Valdirene, venha aqui em casa. Não estou me sentindo bem.

Valdirene foi correndo vê a sua amiga e a encontrou deitada na cama sentindo fortes dores no peito. Imediatamente ligou para Ana Clara que estava na faculdade.

——Ana Clara, a sua mãe está passando muito mal, disse que está sentindo fortes dores no peito.

Após a ligação de Valdirene, Ana Clara pediu para sua amiga Luana leva-la para casa urgente. Chegando em casa Ana Clara viu a sua mãe chorando de dor no peito e começa a chorar também.

——Mamãe não fique assim. Vamos leva-la ao médico.

Neste momento Luana que estava de carro a levou imediatamente para o pronto-socorro, no qual ela foi atendida no setor da emergência. Rebeka foi medicada. Ao passar a dor foi liberada. Chegando em casa Ana Clara disse:

——Mamãe, vou falar com a minha professora que é cardiologista para nos ajudar a fazer alguns exames na senhora. Pedirei a ela para marcar alguma consulta em sua agenda. Por eu trabalhar no hospital ficará mais fácil a realização destes exames.

——Tudo bem, minha filha! Não precisa se preocupar. Vai ficar tudo bem! Já estou melhor.

Ana Clara se despediu agradecendo a sua amiga Luana pela ajuda. Em seguida foi deixar Valdirene na casa dela.

No caminho, Valdirene descumpriu a promessa que havia feito para sua amiga Rebeka e relatou tudo sobre a doença dela:

—Ana Clara, há meses que sua mãe vem sentindo estas dores no peito. Confesso que estou com medo. Já disse várias vezes para fazer exames, e até me prontifiquei em acompanhá-la, mas ela sempre deixa para depois. Ela tenta ser forte para esconder de você. No dia em que fizemos a sua festa de comemoração ela estava passando mal. Depois deste ocorrido de hoje, vamos procurar ajudá-la. Conversa mesmo com a sua professora e veja o que ela pode fazer pela sua mãe. Tenho algumas economias com o meu marido e qualquer coisa a gente pode ajudar nas despesas. Você sabe que vocês duas são como minha família.

Com os olhos cheios de lágrimas, Ana Clara abraçou Valdirene e lhe agradeceu pela amizade verdadeira.

—Obrigado Valdirene por tudo que você faz por mim e a minha mãe. Suas atitudes e o seu carinho que tens pela gente é imensurável!

Na manhã do dia seguinte, Ana Clara, mesmo querendo ficar ao lado de sua mãe foi trabalhar deixando Valdirene tomando conta dela. Ao chegar no hospital conversou com a Dra. Carolina.

——Dra., ontem a minha mãe passou muito mal com fortes dores no peito e acabamos levando-a no hospital. Pensei em te ligar, mas não queria incomodar. Soube que ela vem sentindo estas dores há muito tempo. Gostaria de saber se teria como marcar alguma consulta com ela e realizar alguns exames.

——Tudo bem, Ana Clara. Vou ver na minha agenda e logo te falo o dia. Saiba que no que eu puder fazer por vocês estarei à disposição.

——Obrigada professora! Desde já, agradeço!

Dias depois, Ana Clara acompanhou a sua mãe na consulta com a Dra. Carolina e lhe e lhe foi solicitado a realização de alguns exames, do qual foram feitos no mesmo dia. Após os exames ficarem prontos, Dra. Carolina a receitou alguns medicamentos:

——Rebeka, vou te passar estes medicamentos e peço que não se esqueça de tomá-los. Ana Clara ajude a sua mãe a tomar nas horas certas. O exame não deu para detectar ainda o que ela tem, mas vamos analisar direito e logo falaremos o diagnóstico. Só peço que não se esqueça de tomar estes medicamentos.

Ana Clara preocupada, indagou:

—O caso da minha mãe é grave Dra.?

—Ana Clara, como acabei de dizer. Não deu para detectar a causa, mas estou passando estes medicamentos para amenizar a dor. Vou te passar um formulário e preciso que preenchem com os dados de sua mãe correto e assim deixar registrado no nosso sistema.

Após a consulta, Ana Clara voltou a trabalhar e sua mãe voltou para o restaurante.

***

CAPITULO 8

O PRINCIPE ENCANTADO DE ANA CLARA E AS INTUIÇÕES DE REBEKA

Em um certo dia de sábado, Ana Clara pela primeira vez foi para casa de sua amiga Luana fazer um trabalho de faculdade e acabou conhecendo os pais dela. Ao chegar à casa de Luana, Ana Clara logo foi apresentada para Roberto e Patrícia, pais de Luana e Henrique. Roberto e Patrícia eram funcionários públicos e tinham uma vida estável com os dois filhos Luana e Henrique, do qual faziam de tudo por eles.

——Você que é a famosa Ana Clara? Perguntou Patrícia.

——Minha filha fala muito bem de você. Sempre desejamos lhe conhecer. Mas Luana disse que você mora com sua mãe e não a deixa sozinha. Como eu queria que os meus filhos fossem assim comigo. Disse Patrícia sorrindo.

——Vamos Ana Clara! Vou te mostrar o meu quarto.

——Cadê o seu irmão Henrique? Perguntou Ana Clara.

——Meu irmão quase não fica em casa. Fica mais na casa dos amigos dele. Nem queira conhecê-lo. Ele é muito chato! A gente vive brigando. Ele tem vinte e cinco anos, não trabalha e vive dependendo dos meus pais para tudo. Diz para o meu pai que vai para faculdade, mas vive matando aula para encontrar com os amiguinhos dele. Meus pais ficam muito triste quando descobrem.

Enquanto as duas estudavam, Henrique chegou em casa e ao ir para o seu quarto passou rapidamente em frente ao quarto de Luana e viu Ana Clara e a sua irmã.

—O chato do meu irmão acabou de chegar. Vamos deixar ele para lá. Se ele vier nos incomodar vou chamar meu pai. Disse Luana.

Isso despertou a curiosidade em Ana Clara para conhecer o irmão de sua amiga. Após o término do trabalho da faculdade, as duas foram para a sala lanchar.

Henrique apareceu na cozinha para pegar uma cerveja e Ana Clara de costa virou para cozinha e conheceu o Henrique. Os dois fixaram os olhares por alguns segundos e rapidamente ele pegou a cerveja e foi para o seu quarto.

Ana Clara se encantou por Henrique. E não entendia este despertar de seu coração por alguém que nunca havia visto.

—Seu irmão e bonito. Ele tem namorada?

— Ele está solteiro, mas de vez em quando aparece com uma mulher aqui em casa. Sempre falo para ele arrumar uma mulher decente para casar e dar um rumo na vida dele. Não quer fazer nada. Acha que os nossos pais vão ficar vivo para sempre. Nem sei o que será dele quando nossos pais morrerem.

No dia seguinte na faculdade Ana Clara perguntou a Luana algo sobre o seu irmão.

—Quando eu sai de casa ele estava no quarto dele. Por acaso você ficou afim dele? Pergunta Luana.

—Nada! Lógico que não! Respondeu Ana Clara tentando disfarçar.

—Espero que não mesmo! Ele não quer nada sério.

Em um belo final de tarde e sem faculdade à noite, Luana ligou para Ana Clara:

—Amiga, meu pai me deu um carro de presente por ter entrado na faculdade. Estou muito feliz. Agora não vou ter que ficar pedindo o carro dele emprestado. Quando você estiver saindo do seu trabalho me ligue para eu passar aí. Vamos dar uma volta no meu carro e depois iremos para minha casa. Meu pai mandou convidar você e a sua mãe para jantarem lá em casa. Eles querem conhecer sua mãe.

_ Tudo bem, amiga! Mas antes tenho que avisar a minha mãe para ela ir conosco. Ela quase não sai de casas. Tenho que convencê-la.

Ao chegar na casa de Ana Clara, Luana feliz foi entrando e chamando Rebeka para ver o seu carro:

—Tia! Venha ver o meu carro.

—— Para aonde vocês estão indo? Perguntou Rebeka.

—Vamos dar uma volta no meu carro novo e depois vamos passar lá em casa. Meus pais querem conhecer a senhora e convidou vocês duas para jantarem conosco.

—Desculpe, minha filha! Mas peça desculpas aos seus pais e também para marcarmos um outro dia. Hoje não estou me sentindo bem. Estou cansada do trabalho. Mas logo em breve vamos marcar algo sim. Oportunidades não faltarão.

—Eu disse que minha mãe não ia. São sempre os mesmos motivos. Então vamos Luana.

Antes de saírem de casa, Rebeka disse:

—Tomem bastante cuidado minhas filhas. Depois do acidente de Thiago vivo com medo de que possa acontecer algo de ruim.

—Fique tranquila, tia! Eu sei dirigir.

As duas deram um passeio na rua e de lá foram jantar na casa de Luana.

Ao chegarem à casa de Luana, elas se depararam com Henrique e seus dois amigos na sala. Logo, Henrique levantou do sofá e aproximando-se de Ana Clara e disse:

—Esta que é a sua amiga da faculdade que você tanto fala?

—Sim, mas, não se aproxime dela que não é para o seu bico.

—Calma, irmãzinha! Só estou querendo ser educado com a garota.

Luana puxou o braço de Ana Clara e a levou para o seu quarto e notando um brilho no olhar de sua amiga lhe disse:

—Amiga, tome cuidado com o meu irmão.

Algumas horas depois de várias conversas, Ana Clara declarou para a sua amiga:

—Luana, te confesso que o seu irmão está mexendo comigo. Não sei como e o porquê disso. Apenas sinto!

—Vai com calma amiga. Deve ser passageiro! Mas se for de vocês ficarem juntos, espero que você consiga mudar este jeito dele.

Enquanto Ana Clara estava vivendo esta fase com a sua melhor amiga, a sua mãe apenas trabalhava e aos poucos ia sentindo uma fraqueza. Sempre conversava com a sua amiga Valdirene. Dentre uma dessas conversas Rebeka comentou com Valdirene.

—Amiga, fico muito feliz por Ana Clara ter conhecido esta amiguinha da faculdade, mas te confesso que tenho medo de Ana Clara conhecer o mundo, relacionar com alguém e se decepcionar. Tenho medo de não estar mais perto dela para poder protegê-la.

—Pára de falar estas bobagens amiga! Ana Clara já está crescendo. Está virando adulta. Um dia ela terá que ter suas próprias responsabilidades e nem sempre você poderá resolver os problemas dela.

No término do primeiro semestre de faculdade, Luana planejou realizar uma festa em sua casa e convidou toda a sua turma e também os professores, inclusive a professora Carolina para a comemoração. Logo cedo, Luana foi à casa de Ana Clara buscá-la para organizarem a festa.

Todos reunidos próximo à piscina ao ar livre, muita bebida, música, brincadeiras, conversas e todos se divertiam.

Dra. Carolina reforçou para Ana Clara cuidar de sua mãe e que jamais a deixasse ficar sem tomar os medicamentos pois logo daria um parecer sobre os exames de sua dela.

No decorrer da festa, Ana Clara cansada e já um pouco tonta por ingerir bebida alcoólica sentou em uma mesa sozinha e de repente Henrique se sentou também e lhe ofereceu uma cerveja.

—Obrigado! Já tomei algumas e estou começando a ficar meio alterada.

Henrique começou a elogiar Ana Clara e disse que no primeiro instante que a viu a achou linda. Ana Clara fora de si acabou revelando que ficou apaixonada por ele no primeiro instante que a viu.

Diante dessa confissão Henrique a chamou para caminhar um pouco e quando ninguém imaginava, os dois estavam se beijando. De longe Luana viu a cena, respirou fundo e disse:

—Boa sorte, amiga! Que você seja a luz para o meu irmão.

A partir deste dia, os dois passaram a se ver frequentemente e começaram a namorar. Logo depois oficializaram o namoro, fizeram um jantar na casa de Henrique e Rebeka foi convidada para então conhecer a família da amiga de sua filha e principalmente o seu futuro genro.

—Temos a sua filha como parte da nossa família. Saiba que sempre estaremos a apoiando em tudo. Ela se tornou uma grande amiga de nossa filha. Disse Patrícia à Rebeka.

—Agradeço muito pelo carinho que vocês têm pela minha filha. Ana Clara sempre disse que após a morte de seu pai, vocês foram uma das melhores coisas que aconteceu na vida dela.

—Alguns meses de namoro, Ana Clara percebia as indiferenças de seu namorado que sempre dava mais atenção aos seus amigos que a ela, mas acatava o seu jeito, pois gostava muito dele.

Luana e Ana Clara tinham a mesma idade e apenas um mês de diferença. No intervalo da faculdade, as duas planejaram fazer uma festa de aniversário para comemorarem juntas. No momento em que conversavam, Ana Clara começou a sentir uns enjoos e comentou com a sua amiga Luana e agora cunhada:

—Amiga, de alguns dias para cá estou sentindo uns enjoos. E minha menstruação ainda não veio.

—Será que você está grávida Clara?

—Jamais amiga! Não penso nisso por agora. Tenho que terminar os meus estudo e ainda minha mãe precisa muito de mim.

No dia seguinte antes de irem para faculdade, Luana levou Ana Clara na farmácia e comprou um teste de gravidez. As duas ansiosas foram ao banheiro e o resultado do teste foi positivo. Dentro do banheiro Luana deu um grito:

——Vou ser titia. Terei um sobrinho! Ana Clara ainda sem acreditar. Disse:

——Eu vou ser mamãe? Sempre tive o sonho de ser mamãe, mas não assim de repente.

A princípio Ana Clara ficou um pouco assustada com o resultado. Pensou em sua mãe, no seu trabalho, na faculdade, mas aos poucos foi aceitando a ideia de ser mamãe. Começou a passar a mão em sua barriga. Ficou feliz por saber que dentro de si cresceria uma criancinha que sempre sonhara ter.

As duas foram direto contar a novidade para Rebeka.

——Mamãe, a senhora vai ser vovó!

——Vovó! Como assim filha? Estou muito nova para ser avó. Respondeu Rebeka sorrindo.

——Estou grávida, mamãe!

Rebeka preocupada e ao mesmo tempo feliz abraçou a sua filha.

——Se o seu pai fosse vivo ele iria ficar muito feliz por saber que teria um netinho. Ele sempre queria ter um netinho. Agora teremos mais uma companhia. Tem que se cuidar para que ele nasça forte e saudável.

—Se o meu bebê for do sexo masculino colocarei o nome do papai!

Disse Ana Clara.

Feliz com a notícia, Rebeka começou a chorar de alegria.

—Vou ligar agora para os seus avós informando tal notícia. Eles vão

ficar felizes por serem bisavós.

Luana disse:

—Ana Clara, vamos lá em casa para contar para os meus pais e o

Henrique.

—Calma, Luana! Quero contar para eles no dia da nossa festa de

aniversário. Quero fazer uma surpresa para eles.

Começaram então os preparativos para sua festa.

***

CAPITULO 9

O LADRÃO DE SONHOS, O AMOR DE MÃE E A CASA DAS TRÊS MULHERES

No dia da festa, estavam todos presentes. Rebeka, a mãe de Ana Clara.

Os pais de Luana, a professora Carolina e o seu esposo Eduardo os quais já haviam se tornado pessoas íntimas da família, e sempre acompanhava o caso de saúde de Rebeka. Também Alguns colegas da faculdade, Henrique e os seus amigos, Valdirene com o seu esposo e alguns amigos do restaurante.

—Pena que vovó e vovô não estão aqui e nem os meus tios. Disse Ana Clara a sua mãe.

—Eles ligaram, minha filha e desejaram um feliz aniversário. Disse que torcem muito pela sua felicidade.

Dra. Carolina se aproximou de Rebeka e ambas começaram a conversar sobre a sua saúde, sempre frisando em jamais deixar de tomar os seus medicamentos e marcar uma nova consulta para a realização de novos exames.

Todos estavam reunidos quando Roberto, pai de Luana, chegou com o bolo, colocou-o sobre a mesa e pediu para que as aniversariantes se aproximarem do bolo e todos começam a bater os parabéns. Ao partirem o bolo, Ana Clara revelou para quem seria o seu primeiro pedaço.

— O meu primeiro pedaço vai para uma pessoa que de uns dias para cá tem me tornado uma mulher diferente.Uma mulher com novos pensamentos, com novos objetivos. Cuidarei desta pessoa como uma onça cuida de seus filhotes. Vou protegê-lo e amá-lo para o resto da minha vida.

Neste momento todos ficam surpresos em querer saber quem seria essa pessoa. De repente Ana Clara olhou em direção à sua barriga e revelou:

—Este primeiro pedaço de bolo vai para o meu filho! Estou grávida!

Olhou sorridente para Henrique e disse-lhe!

—Você vai ser papai meu amor.

Todos aplaudiram a boa notícia exceto Henrique que sem entender nada puxou Ana pelo braço e lhe disse:

—Pára com essa bobagem! Desmente esta palhaçada que acabou de fazer. Você não está e nem pode ficar grávida.

Triste com a reação de Henrique, Ana Clara ficou desnorteada se despediu de todos e chamou a sua mãe para irem embora. Ao despedir-se de sua professora Carolina e seu esposo Eduardo, eles ofereceram carona até a casa dela. Ao entrar no carro, Ana Clara começou a chorar.

No caminho, sua mãe então lhe aconselhou:

—Não fique assim minha filha. Nós duas enfrentamos tudo sozinhas até hoje. Com certeza daremos conta de cuidar do seu bebê. Não precisaremos dele para nada! Logo tudo isso vai passar. Vai ficar tudo bem minha filha. Este bebê será uma luz para as nossas vidas.

—Obrigado, mãe! Por sempre estar ao meu lado. Eu nunca vou deixar a senhora e jamais deixarei faltar algo para o seu netinho.

A festa ainda rolando, Luana estava triste por sua amiga ter ido embora, foi até o quarto de seu irmão para conversar sobre a tamanha ignorância que havia cometido e ao abrir a porta o vê ficando com Elaine, irmã de um de seus amigos que havia convidado.

—Tenho vergonha de vocês! Vocês se merecem. Disse Luana a eles.

Vendo aquilo, Luana ficou inconformada com a atitude do irmão em trair sua melhor amiga. Fechou a porta e saiu.

Após sair de seu quarto, Henrique foi encontrar a sua irmã na festa e lhe pediu:

—Não conte nada para Ana Clara.

—Se você não contar eu contarei. — Respondeu Luana.

——Tudo bem! Hoje a sua amiga me decepcionou com essa conversinha de gravidez.

——Ela está grávida de verdade! Fizemos o teste. —— Disse Luana com um tom bravo. Depois, muito decepcionada com o irmão ela colocou todos os amigos dele para fora de casa.

Logo Henrique seguiu os seus amigos e voltou meia hora depois para casa quando os seus pais já estavam no quarto deitados.

 No dia seguinte da festa, Henrique acordou bem cedo e foi para a casa de um dos seus amigos e para minimizar o estrago que havia feito ligou à tarde para Ana Clara.

Ana Clara estava arrumando a casa de sua mãe, ouviu o seu telefone tocar e ainda triste pelo que Henrique fizera atendeu o celular.

——Diga! ——Disse Ana Clara ao atender o celular.

——Ana Clara, quero lhe pedir desculpas pelo acontecido de ontem. Fiquei fora de mim. Naquele momento foi difícil para eu entender que iria ser pai. Vou pegar o carro da minha irmã e passar na sua casa. Quero te levar em um lugar para conversarmos e assim decidirmos sobre o futuro do nosso filho.

—— Não precisa Henrique! Vou criar o meu filho sozinho com a minha mãe. Se preocupe com os seus amiguinhos e me deixe em paz.

Após dizer isso, Ana Clara desligou o celular.

Mesmo assim, Henrique então resolveu pedir o carro emprestado à sua irmã Luana que logo lhe disse:

——Henrique, a pior coisa que fiz para minha amiga foi colocar você no caminho dela. Vá lá e tente arrumar a besteira que você fez.

Após meia hora, Henrique buzinou na porta da cada de Ana Clara.

——Minha filha, o seu namorado está na porta chamando por você.

——Diga a ele que não estou.

——Converse com ele minha filha. Deixa isso tudo resolvido de uma vez. Não adianta fugir dos problemas. Ouça o que ele tenha para te falar e acate o que você achar mais conveniente. Ele é o pai do seu filho e de alguma forma vocês terão que se entender. Se quiser posso ir junta com você minha filha.

Ouvindo o conselho de sua mãe, Ana Clara aceitou ir conversar com Henrique.

—— Não precisa ir comigo não, mamãe. Vou resolver isso tudo com ele sozinha.

Henrique a levou para um barzinho próximo de sua casa e ao chegar pediu uma cerveja e dois copos.

—Apenas um copo. —Disse Ana ao garçom.

—Me traga apenas um suco natural. Estou grávida e agora tenho que me cuidar.

Logo Henrique começou a conversar:

—Ana Clara, mais uma vez quero te pedir desculpas. Por mais que eu não esperava por esta notícia e muito menos preparado para tal responsabilidade, quero participar sim de sua gestação. Meus pais conversaram comigo e estão dispostos a nos ajudar no que for preciso até eu encontrar um emprego e estiver estabilizado. As intenções com você são as melhores e eu jamais quero que o nosso filho nasça com problemas. Quero te levar sempre ao médico e se for preciso você pode até vir morar na nossa casa. Quero ser um bom pai e quem sabe um bom marido para você.

Ana Clara se levantou da mesa para ir ao banheiro dizendo:

—Henrique! Jamais deixarei minha mãe sozinha! Confesso que tenho medo de me casar com você e isto está fora de cogitação. Vou ao banheiro.

Enquanto Ana Clara foi ao banheiro, Henrique pediu mais uma cerveja e um suco para Ana Clara. Ao voltar do banheiro os dois terminaram a conversa e Ana Clara deixou bem claro que daria um tempo no namoro prometendo-lhe sempre manter atualizado apenas sobre o bebe. Dito isso foi pegando a sua bolsa para ir embora.

—Tenho que voltar para casa!

— Calma! Sente-se. Precisamos brindar pelo nosso filho.

Logo Ana Clara bebeu rapidamente para irem embora.

—Calma Ana Clara! Deixe de pressa. Vamos ficar mais um pouco.

—Quero voltar para casa Henrique. Então vou sozinha!

Henrique acatou o pedido da mãe de seu filho e a deixou em casa. Ao ver Henrique chegando em casa Luana ligou para Ana Clara.

—Oi amiga! Como foi a conversa com o meu irmão? Ele te tratou bem?

—Sim, amiga! Ele foi super tranquilo comigo. Demonstrou as melhores intenções comigo e nosso filho. Mas te confesso que ainda estou abalada com tudo isso. Dei um tempo no nosso namoro.

—Amiga, peço desculpas pelo meu irmão e saiba que nunca te faltará nada. Eu e meus pais vamos assumir esta criança. Estará sempre amparada por nossa família. Quero que o meu sobrinho nasça forte e saudável.

—Obrigado amiga! Sou muito grata pelo carinho de vocês. Esta criança que nascera dentro de mim mudará completamente a minha vida. Sempre sonhei em ter um bebê nos meus braços. Vou deitar um pouco. Meu dia foi cansativo. Amanhã terei que acordar cedo para trabalhar. Falamo-nos na faculdade amanhã.

Rebeka chegou da casa de sua amiga Valdirene e foi ao quarto de sua filha saber sobre a conversa que ela tivera com o Henrique, mas já a encontrou deitada.

De madrugada, Rebeka acordou assustada com os gritos de sua filha e correu desesperada ao quarto dela. Quando chegou no quarto a encontrou sentada no chão encostada na cama com a mão na barriga.

—Que foi minha filha?

Com o rosto abatido e sentindo muita dor, Ana Clara respondeu:

—Estou com uma forte cólica, mãe! Está doendo muito.

Em seguida Ana Clara teve ânsia de vomito e foi ao banheiro vomitar.

Sentiu vontade de urinar e percebeu que a sua urina estava meio escura e ficou preocupada.

—Mamãe, vou perder o meu bebê! Estou com medo mamãe!

—Calma minha filha! Vou ligar para Luana. Vai ficar tudo bem. Não precisa ter medo minha filha! Estou aqui com você.

Rebeka ligou desesperada para Luana para levá-la ao médico. Luana acordou assustada e pelo horário saiu de casa sem avisar a ninguém.

Chegando ao hospital onde trabalhava, logo Ana Clara foi atendida pela Dra. Carolina que estava de plantão naquela madrugada. Rebeka contou tudo o que havia acontecido com Ana Clara. Logo após a realização de alguns exames a Dra. Carolina deu o parecer antes das perguntas.

—Ana Clara, você tentou abortar o seu filho?

—Não Doutora! Jamais faria isso com o meu filho.

—Pois bem, você ingeriu um medicamento abortivo. Realizamos uma lavagem gástrica em você e por ter vomitado antes amenizou o caso fazendo com que o remédio não chegasse a fazer efeito.

Logo Ana Clara disse que fora Henrique.

Após o anuncio de sua gravidez na festa, Henrique perguntou a um de seus amigos, como faria para que Ana Clara perdesse aquele filho. Logo um deles passou todas as informações para Henrique.

—Minha ex-namorada ficou grávida e como ela também não queria o filho, juntos fizemos um aborto. —Disse um de seus amigos informando até o nome do remédio do qual deu um jeito em conseguir para ele no outro dia de manhã.

Henrique havia conseguido com seus amigos um remédio abortivo e quando Ana Clara foi ao banheiro, pediu um copo de suco e disfarçadamente misturou em seu suco. Henrique planejou isso tudo para que Ana Clara perdesse o filho. Não tinha aceitado a ideia de ser pai e nem assumir a responsabilizada por uma criança.

No hospital quando Ana Clara delatou o mau caráter de Henrique, todos demonstraram inconformismo com o caso. Após, Ana Clara ser liberada, Doutora Carolina a medica lhe pediu para ficar de repouso. Luana as deixou em casa naquela noite.

Chegando em sua residência, Luana foi direto para o quarto de Henrique e inconformada com a atitude de seu irmão começou a bater nele dizendo-lhe:

—Seu canalha! Sem coração. Sempre fui contra este seu namoro com Ana Clara, pois ela não merece um cara como você. Mas eu tinha esperança de que você mudasse estando com ela. Achei que você iria virar um homem de verdade, de responsabilidade e não um moleque. Você não ama ninguém. Como pode fazer isso com minha melhor amiga seu covarde, colocando em risco a vida dela e do bebê? Você só quer saber de viver às custas de nossos pais. Não quer trabalhar. Você não passa de um vagabundo. Se Ana Clara ficou grávida ela não teve esta culpa sozinha. Você também tem. Pensei que você um dia mudaria este seu jeito. Vejo que você não tem salvação. Tenho vergonha de você!

Ao levantar da cama, Henrique empurrou a sua irmã e dizendo:

—Está louca guria? Não sei o que você está dizendo!

Ouvindo o barulho, os seus pais foram até o quarto de Henrique e perguntaram:

—O que está havendo? Por que está aqui no quarto do seu irmão Luana?

—Seu filho, colocou um remédio no suco de Ana Clara para que ela abortasse. Acabei de chegar do hospital com ela. Por sorte ela não perdeu o seu netinho. E outra, no dia do meu aniversário com o da Ana Clara eu o vi no quarto dele traindo a minha amiga com a irmã de um dos amiguinhos dele que estava na festa. Ela se chama Elaine. É uma vagabunda igual a ele. Não contei para Ana Clara, não por ele, mas para poupar a minha amiga que já estava sofrendo demais por ele.

—Não sei o que esta louca está falando! Simplesmente chegou no meu quarto me batendo e dizendo um monte de merda para mim. —— Disse Henrique.

Luana saiu chorando para o seu quarto e bateu à porta com força.

No dia seguinte, Rebeka não foi trabalhar no restaurante para poder ficar cuidando de sua filha.

—Filha, fique aí deitada que a sua mãe vai ao supermercado comprar algo para você comer.

Quando vai para sala pegar a sua bolsa, Rebeka vê o seu celular tocando. Era a mãe de Henrique ligando para ela querendo saber do ocorrido. Neste momento, Rebeka desligou o celular e saiu.

Na casa de Henrique a campainha tocou e Patrícia foi abrir. Ao abrir a porta Rebeka entrou sem pedir licença dizendo:

—Cadê o assassino do seu filho. Quero ter uma conversa séria com ele.

—Calma Rebeka. Fique tranquila!

—Tranquila? Uma coisa que me tira do sério é alguém querer fazer o mal para minha filha. O seu filho tentou matar o meu neto colocando até a minha filha em risco. Saindo daqui vou direto à delegacia denunciar este assassino.

Muita nervosa e alterada, Rebeka começou a sentir fortes dores e com a mão no peito, começou a chorar e foi sentando no sofá. Os pais de Luana abraçaram Rebeka tentando acalmá-la. Luana ouvindo o barulho veio até à sala e se emocionou vendo o estado de Rebeka.

—Fique tranquila Rebeka, nosso filho não se aproximará mais de sua filha. Puniremos o nosso filho pelo ato que cometeu. Não fique assim que vamos dar toda a assistência que vocês precisarem.

Mais calma e ainda sentindo dores, Rebeka pediu um pouco de água, retirou o seu medicamento de sua bolsa e tomou.

—Desculpe por ter entrado assim na casa de vocês. Estou nervosa com tudo isso desde ontem. Minha filha não merece passar por isso. Ela é tudo na minha vida. Dou a minha vida por ela. Não sei viver sem a minha filha. Vocês têm filhos e sabem que fazemos loucuras para protegê-los.

Henrique notou que a mãe de Rebeka estava na sala e trancou a porta do seu quarto.

Luana se ofereceu para levar Rebeka até a sua casa e ao ir embora, Rebeka disse:

——Mais uma vez peço desculpas e pela consideração que tenho por vocês não irei dar parte do seu filho. Só peço que avise a ele para nunca mais procurar a minha filha e nem tentar se aproximar dela. Caso ele tente fazer algo novamente com ela não me responsabilizarei pelos meus atos.

——Tudo bem Rebeka, vamos tomar nossas providencias. Pedimos muitas desculpas pelas atitudes inescrupulosas de nosso filho. Tenha a certeza que ele não fará mais nada para prejudicar a sua filha.

No caminho de sua casa, Rebeka pediu para que Luana não contasse nada a Ana Clara.

Ao ver sua mãe chegando com Luana, Ana Clara perguntou:

—Onde vocês estavam? Por que demorou tanto mamãe?

—Quando estava indo ao supermercado aqui do lado, encontrei com sua amiga filha e aí a gente saiu para conversar um pouco.

—Como você está amiga? E o meu sobrinho? Perguntou Luana.

—Estou bem amiga. Estou de atestado e não se esquece de me passar todas as matérias.

—Tudo bem amiga! Logo estará bem.

Com dezesseis semanas de gravidez, Ana Clara foi com a sua mãe e a sua amiga fazer a ultrassonografia do seu bebê. Ana Clara daria à luz a uma linda menina. Apesar do susto a mesma encontrava-se bem de saúde e forte.

—Será a casa das três mulheres, brincou Luana!

Luana imediatamente ligou para os seus pais informando que seriam avós de uma menina. Roberto e Patrícia, pais de Luana, ficaram felizes com a notícia. Henrique que se encontrava na sala quando os seus pais receberam a novidade, ao ouvir saiu de casa furioso ao encontro de seus amigos.

Após toda esta turbulência, Ana Clara retomou a sua vida e sempre focada em seu bebê, seu trabalho, seus estudos e a sua mãe. Raramente frequentava a casa de Luana. Ia apenas quando tinha a certeza que Henrique não estaria por lá, porem ficava apenas poucos minutos. Mas apesar de tudo o que ele havia feito ainda tinha pequenos resquícios de sentimentos por ele.

Rebeka e sua filha nunca deixavam de fazer caminhadas pelas manhãs. Sempre no nascer do sol as duas estavam juntas.

Ana Clara resolveu fazer uma festa de chá de bebe em sua casa e convidou todos os seus conhecidos. Todos estavam presentes exceto Henrique que não havia sido convidado. Após a festa, em noite de lua cheia e com cinco seis meses de gravidez, Rebeka encontrou sua filha sentada na varanda acariciando a barriga e observando a lua.

—Por que está aí sozinha filha?

—Estou aqui mamãe, apreciando a minha barriga, minha filha que está aqui dentro. Quando sinto ela aqui dentro de mim, tenho a sensação de que esteja querendo sair logo daqui do meu ventre. Daqui a alguns meses será o dia das mães e espero que ela já tenha nascido para que eu possa ganhar presentes ainda este ano. Mãe e filha nesse momento começaram a sorrir.

—Quando eu estava grávida de você minha filha, era só eu deitar para dormir que você começava a chutar a minha barriga. Aí passava a noite todinha sem dormir. No dia seguinte parecia que não havia dormido nada a noite.

—— Mamãe, me deu vontade de tomar um sorvete bem gelado agora.

—Que pena o supermercado está fechado esta hora minha filha. Lembro-me de quando eu estava grávida de você filha. Seu pai sempre olhava para você e imaginava uma menina linda e forte. Ele sempre falava que eu e você éramos as duas mulheres que Deus colocou na vida dele. Todas as manhãs ele me ajudava a levantar da cama. Um dia eu disse a ele que estava com desejo de comer melancia. Ele rodou a cidade toda e não encontrou melancia, pois era fora de época. Ele pegou um ônibus e viajou um dia todo atrás de uma melancia. Quando estava chegando em casa, deixou a melancia cair no chão e espatifou toda. Aí ele chegou com a melancia cheia de areia. Eu tive que lavar e comer daquele jeito para não o desapontar.

Neste momento as duas começaram a sorrir.

—Seu pai fazia de tudo para que eu ficasse bem e a tivesse saudável e forte. Ele um dia me falou que tinha medo de quando você crescesse, poderia um dia nos deixar. Sinto muita falta dele. Estes anos todos sem ele é como se o tempo não tivesse passado.

—Fico pensando de como seria se ele estivesse vivo. A netinha dele nascerá daqui a algumas semanas e não conhecerá o vovô.

***

CAPITULO 10

A FRAGILIDADE DO CORAÇÃO E AS AMIZADES TÃO VERDADEIRAS

Alguns meses após o expediente do restaurante, Rebeka acompanhou Valdirene até a sua casa e sentindo-se cansada, confessou para sua amiga.

—Valdirene há dias estou me sentindo fraca. Cada dia que passa sinto que o meu coração não é mais o mesmo. Penso que a qualquer momento posso passar desta vida para outra.

—Para de falar bobagem amiga! Você ainda é nova. Tem muito que viver! Pensa em sua filha que daqui a alguns meses dará à luz a sua netinha. Neste momento será onde você terá que estar mais forte do que nunca para ajudá-la e apoiá-la.

—Tenho medo de não conseguir Valdirene. Sempre vou às consultas que minha filha marca com a doutora Carolina, faço os exames, mas ela nunca diz nada. Só diz que é para eu continuar com o tratamento e nunca esquecer de tomar os remédios. Sinto que não estou bem. Por isso, peço que encontre outra pessoa para ocupar o meu lugar no restaurante. Não estou mais dando conta. Tentei esconder, mas por esses dias vejo que não posso continuar. Vou continuar te ajudando até você encontrar outra pessoa. Triste por não ter mais a companhia de sua amiga no restaurante, Valdirene disse:

—Tudo bem, amiga! Quero o seu bem. Depois que você ficar melhor aí você volta. Os meus clientes vão sentir a sua falta. Principalmente o Diego. Ao lembrar do admirador de Rebeka, o engenheiro, as duas começaram a sorrir.

Duas semanas depois desta conversa Rebeka saiu do restaurante e passou

apenas a visitar a sua amiga Valdirene. Sua visita era diária, pois Rebeka almoçava e jantava no restaurante de sua amiga sem pagar nada e ainda fazia a marmita para sua filha comer quando chegasse da faculdade.

Dois meses após, Valdirene notou que Rebeka não foi almoçar. Logo ficou preocupada com a amiga. Foi até a sua casa e a encontrou deitada em sua cama se lastimando de fortes dores no peito. Imediatamente Valdirene ligou para Ana Clara que estava no trabalho.

Ana Clara com um barrigão de sete meses de gravidez recebeu a ligação.

—Ana Clara, a sua mãe não está bem!

— O que houve com ela Valdirene?

—Ela está sentindo fortes dores no peito. Chame alguma ajuda.

—Valdirene, acalme-a! Vou ligar para Luana ir buscá-la e trazer aqui para o hospital. Também vou conversar com a doutora Carolina para atendê-la.

Ana Clara ligou para a sua amiga Luana.

—Oi amiga! Está em casa?

—Sim, Ana Clara.

—Está ocupada?

—Estou aqui terminando aquele trabalho da faculdade. Mas por quê?

—Minha mãe não está se sentindo bem e queria saber se teria como você trazê-la para o meu trabalho. Estou começando a ficar preocupada com minha mãe.

—Tudo bem amiga! E a minha sobrinha como vai?

—Ela está muito sapeca. Vive me chutando. Cada chute que parece que quer nascer logo. Por favor, amiga! Me quebre mais este galho. Depois a gente conversa mais. Tenho que voltar a trabalhar. Te espero.!

——Estou indo buscar sua mãe!

Luana então foi até a casa de Rebeka e a levou para o hospital juntamente com Valdirene. Ao chegarem no hospital, a doutora Carolina pediu para Ana Clara levar a sua mãe para o quarto e solicitou alguns exames dentre eles o eletrocardiograma a serem realizados rapidamente.

Rebeka já não conseguia mais falar de tanta dor.

Depois de algumas horas, a doutora Carolina foi ao quarto aonde estava Rebeka e já notou uma melhora em seu estado. Começou a conversar com ela sobre as suas dores e suas fraquezas.

——E aí minha guerreira como vai o coraçãozinho? Está tomando diariamente os medicamentos que receitei?

——Sim doutora. Mas percebo que não estou melhorando. A cada dia que passa sinto-me mais fraca. Uma falta de ar e fortes dores na região do tórax. Ajude- me doutora. Quero ver ao menos minha netinha nascer.

——Pára com isso mamãe! Disse Ana Clara.

No momento entrou a sua auxiliar com os exames prontos. A doutora analisou rapidamente os exames e com um olhar triste explicou o diagnóstico de uma forma clara para as duas:

——Não sei se é o momento exato para já relatar o caso definitivamente, mas já previamente vou informar. Você Rebeka, possui uma doença chamada cardiopatia congênita. Ela é uma doença que provavelmente você adquiriu desde quando estava na barriga de sua mãe. Ou seja, ela é a degeneração das células que constituem as artérias coronárias. O coração fica enfraquecido a ponto de não bombear a quantidade de sangue adequada para todo o organismo. Com isso, compromete outros órgãos. No entanto, este último exame mostra uma evolução muito grande da doença, será necessário um transplante urgente. Somente assim para você voltar a ter uma vida normal sem essas dores e cansaço.

Neste momento Ana Clara abraçou a sua mãe e começou a chorar. Logo a doutora Carolina voltou a explicar:

——Na primeira vez que marcamos aquela consulta, nos exames já havia constatado esta possibilidade e já a receitei tais medicamentos como uma forma de prevenção. Por isso, frisava nunca deixar de tomá-los. No mesmo dia vocês preencheram um cadastro e com este cadastro enviei para o sistema de pacientes a espera de doadores para ganharmos tempo, caso a doença se agravasse. Infelizmente este tempo todo não obteve nenhuma resposta. O fato é que há muitos pacientes na fila de espera, do qual muitas vezes há paciente que não suportam tamanha demora. No dia, eu disse que era apenas para cadastrar no nosso sistema. Menti para não deixarem preocupadas precipitadamente, pois precisava verificar se os medicamentos iriam reduzir tal problema e com os exames realizados iria analisar detalhadamente. Inclusive o meu irmão doutor Samuel está junto neste seu caso.

Com as consultas periódicas que marcava ia acompanhando o grau da doença. Saibam que vou fazer o possível para reverter este quadro. Ana Clara, sua mãe precisará ficar internada em observação e terá que passar alguns dias até tentarmos mudar um pouco o quadro dela. Quando já estiver melhor poderá voltar para casa. Vamos torcer para que apareça um doador o quanto antes.

Mãe e filha abraçadas começaram a chorar.

—Não fique preocupada minha filha. A doutora vai nos ajudar. Vai dar tudo certo você vai ver. Pelo tempo que fui cadastrada, logo surgirá um doador e irei sair daqui forte e saudável.

— Mamãe, não me deixe, por favor! A sua netinha precisará muito de você.

Neste momento a doutora Carolina aplicou uma medicação em Rebeka e chamou Ana Clara para deixar sua mãe sozinha descansando.

— Sua mãe mão poderá passar por emoções fortes. Vamos Ana Clara. Preciso falar com você lá fora.

Neste momento as duas saíram e no corredor doutora Carolina disse:

— Ana Clara, o coração da sua mãe está frágil. Precisarei que você a visite sempre no quarto para analisar os batimentos do coração dela. Qualquer coisa, você pode me contatar.

—Doutora Carolina, peço desculpas por esses dias estar tomando muito do seu tempo.

—Não se preocupe Ana Clara. Sempre que precisei de você estava disposta a me ajudar. Tenho uma enorme consideração por vocês duas. Falarei com o meu irmão que tem uma clínica e verei o que podemos fazer. O importante aqui será cuidar da saúde de sua mãe.

Absorvendo todas as informações dadas a ela, Ana Clara pegou o telefone e ligou para Valdirene, a melhor amiga de sua mãe. Ao contar o caso de sua mãe, Ana Clara chorou desesperadamente e acabou sentindo algumas pontadas em sua barriga.

—Calma minha filha! Disse Valdirene tentando acalmar Ana Clara pelo telefone. Vou pedir para o Pedro me deixar hospital agora.

— Não adiantará você vir hoje Valdirene. Mamãe tomou uma medicação e a doutora pediu para ela repousar.

No dia seguinte, ao acordar, Rebeka se deparou com a sua amiga Valdirene e um jarro de planta lindo ao seu lado.

—Oi amiga! Que horas você chegou? Que flores lindas.

—Olá minha guerreira! Soube do seu caso ontem, mas a sua filha falou que você não poderia receber visitas e então deixei para vir hoje. Trouxe-lhe este jarro com lindas flores para você se sentir na sua casa. Pedro meu esposo me deixou aqui e teve que voltar para cuidar do restaurante e te mandou um forte abraço e boas melhoras. Como você está amiga? Já se sente melhor?

—Valdirene amiga, sinto que não conseguirei sair viva daqui. Mas não comente com minha filha. Esta deve estar muito arrasada. Não queria passar por isso com ela ainda grávida. Tenho medo de acontecer alguma coisa com ela. Somos muito ligadas uma à outra e tenho certeza que ela está com medo de que tudo isso possa ter se agravado assim tão rápido.

——Não fale isso amiga! Logo aparecerá um doador e você sairá daqui forte e ainda verá sua netinha crescer. Não podemos nos entregar neste momento tão frágil da nossa vida. É nesta hora que temos que ter forças e crer no nosso pai lá de cima. No mesmo instante Luana e seus pais chegaram ao quarto para visitar Rebeka.

Quando Ana Clara viu a sua amiga, a abraçou e começou a chorar.

——Calma amiga! Sua mãe vai ficar bem.

Rebeka também começou a chorar pela emoção da filha. Os pais de Luana abraçaram Rebeka e se puseram estar sempre a disposição para ajudar no que fosse preciso.

——Agradeço a todos vocês.

Depois de alguns minutos, Rebeka pediu para ficar sozinha com Valdirene na sala. Logo todos saíram respeitando sua vontade.

——Valdirene, somos amigas de muito tempo. Desde quando viemos morar em Brasília te considero como uma grande irmã e a segunda mãe para Ana Clara. Sempre me ajudou nas horas mais difíceis da minha vida. Praticamente até me ajudou a criar Ana Clara. Devo muito a você e sempre serei grata por tudo. Meu coração está muito fraco e não sei se conseguirei sobreviver por muito tempo. Eu e minha filha somos muito unidas. Se eu morrer ela sentirá muito a minha falta. Peço que, caso eu não aguente mais, que você não a abandone. Não a abandone, por favor! Ela não suportara viver sozinha. Nem sei o que ela fará da vida dela sem mim. Peça para que ela continue com os estudos e o trabalho. Não a deixe abandonar tudo. Ajude-a dando força. Não a deixe sozinha em nenhum momento. Tenho receio de que possa fazer alguma besteira. Eu a amo demais!

Valdirene com os olhos cheios de lagrima disse à amiga:

——Pára de falar essas bobagens amiga! E em seguida abraçou-a.

 Doutora Carolina chegou e pediu para Valdirene se retirar, pois Rebeka não podia se alterar emocionalmente. Estava passando por um tratamento controlado.

—— Fique bem amiga! Tenho que ir agora. Não se preocupe que vai dar tudo certo. Logo aparecerá um doador.

Ao sair da sala, Valdirene encontrou Ana Clara no corredor com Luana e seus pais e abraçou-a fortemente e as duas se emocionaram.

Valdirene ficou mais meia hora e foi embora com os pais de Luana que lhe ofereceram carona. Luana ficou mais um pouco com a sua amiga no hospital.

—Amiga, o que será de mim se a minha mãe se for. Não aguentarei viver sozinha. Depois que papai morreu só ficamos nós duas. Não quero viver sozinha com a minha filha. Preciso de minha mãe! Quero ainda fazer muito por ela. Ela dedicou a vida dela toda a minha. Ao dizer estas palavras Ana Clara se emocionou.

***

CAPITULO 11

UM DOADOR ANÔNIMO E A FELICIDADE DE UM NOVO CORAÇÃO

A partir deste dia, Ana Clara só vivia no hospital. Tanto em seu horário de trabalho quanto fora do expediente. Devido ao seu estado emocional não ia a faculdade, porem Luana sempre a mantinha atualizada das matérias.

Todos os dias Valdirene mandava o seu esposo levar uma marmita para Ana Clara. Já a sua mãe passara a comer comidas oferecidas pelo hospital com o cardápio estabelecido pelos médicos para não alterar o caso.

Ana Clara fielmente ia ao quarto de sua mãe e verificava os seus batimentos e anotava em seu relatório. Certo dia, Ana Clara entrou no quarto e encontrou a sua mãe desacordada. Sentou-se ao seu lado e disse:

—Mamãe! Mãezinha! Estarei sempre ao seu lado. Nunca vou te abandonar.

Neste momento Ana Clara lembrou-se de quando o seu pai tirou o seu cinto de segurança motivo pelo qual acarretou a sua morte e disse a sua mãe várias vezes:

— Mamãe, não solte o cinto, por favor! Não solte o cinto, por favor! Não me deixe! Não me deixe! Minha filha precisará muito da senhora.

Neste momento Rebeka acordou lentamente.

—Oi minha filha! Por que você está chorando? Não fique triste. Você precisa ficar forte para cuidar da minha netinha. Tudo vai dar certo! Não precise ter medo. Deus sabe o que faz. Promete uma coisa para mim minha filha.

—Sim mamãe!

—Promete que nunca vai desistir de seus sonhos? Que vai continuar com a sua faculdade, com o seu trabalho e será uma boa mãe para a minha netinha assim como eu sempre fui com você?

—Te prometo mamãe.

Valdirene e seu esposo sempre que podia faziam uma visita a sua amiga Rebeka. Luana sempre passava no hospital para ver sua amiga e a Rebeka. Henrique ciente de tudo que acontecera com Ana Clara e Rebeka não tinha coragem em ir visitá-las.

Com sete meses de gravidez, Ana Clara já se encontrava exausta. Sempre que podia passava no quarto de sua mãe que ali ainda estava internada sobre observações medicas.

Ana Clara estava auxiliando outros pacientes no quinto andar quando recebeu a ligação da doutora Carolina.

—Ana Clara, aonde você está? Venha correndo para o quarto de sua mãe. Ela está tendo uma parada cardíaca e preciso de auxiliares. Venha rápido!

Desesperada Ana Clara grávida tentou descer pelo elevador e devido à demora resolveu pegar as escadas. Chorando e apenas com o pensamento em sua mãe, Ana Clara correndo pelas escadas e distraída caiu escada abaixo. Uma enfermeira que passava pelo local se deparou com Ana Clara no chão sentindo fortes dores na barriga e sangramentos. Logo a enfermeira correu para pedir ajuda. Ana Clara foi levada às pressas pelos enfermeiros.

Após ter controlado a parada cardíaca de Rebeka, a doutora Carolina foi informada sobre o acidente de Ana Clara e deixando Rebeka aos cuidados dos enfermeiros foi ao encontro de Ana Clara. Ao chegar na sala se deparou com Ana Clara se contorcendo de tanta dor. Após observar Ana Clara chegou à conclusão que havia um deslocamento de placenta colocando em risco tanto a vida de Ana Clara quanto do seu bebê. Com isso, tiveram que realizar um parto prematuro tendo apenas a opção de salvar apenas uma vida. Na maioria das vezes os médicos optam por salvarem sempre a mãe. Então os médicos realizaram o parto de Ana Clara dando prioridade à vida dela.

No andar debaixo, Rebeka encontrava-se melhor da parada cardíaca que havia sofrido e acordada perguntou para a enfermeira que cuidara dela.

——Cadê a minha filha? Por que ela não está aqui cuidando de mim?

——Não sei! Deve estar auxiliando outros pacientes. ——Respondeu a enfermeira. Horas depois entrou a doutora Carolina e a sua equipe com uma caixa.

—Rebeka, meus parabéns! Conseguimos um doador compatível com você. Hoje mesmo você passará por uma cirurgia de transplante de coração.

Com muita felicidade estampada em seu rosto, os olhos de Rebeka começaram a se encher de lagrimas que demonstrava muita esperança em poder retomar sua vida.
—Cadê a minha, filha! Ela precisa saber disto. Ficará muito feliz quando souber que serei curada. Não vejo a hora de retomar a minha vida e tudo voltar a ser era como antes.

—Não se preocupe! Ana Clara pediu para eu cuidar da senhora. Daqui a alguns dias você voltará a ter uma vida normal.

Imediatamente Rebeka foi levada para a sala de cirurgia e o transplante foi realizado com sucesso.

No dia seguinte Rebeka acordou já com o coração transplantado e mais forte, porem deveria ficar ainda em observação até o organismo se adequar ao novo órgão. Ao seu lado se encontrava Valdirene e Pedro o seu esposo e também Luana e os seus pais. Henrique também estava no hospital, mas na sala de espera. Todos muito felizes pelo sucesso do transplante.

Ainda sonolenta Rebeka perguntava por Ana Clara. Ao perguntar por sua filha, ela notou uma diferença no olhar de cada um deles. Neste momento, chegou no quarto a doutora Carolina e lhe explicou tudo o que acontecera com sua filha.

—Rebeka, a sua filha sofreu um acidente. Quando você estava tendo sua primeira parada cardíaca, a chamei para me auxiliar e por estar a três andares acima do seu, tentou pegar o elevador e pela demora do mesmo ela optou em descer pelas escadas. Infelizmente ela se distraiu e acabou caindo nas escadas.

Enquanto a doutora Carolina ia explicando, Valdirene segurava a mão de Rebeka que não conseguia se conter em lágrimas e inconformada interrompeu a doutora Carolina perguntando:

—Mas ela está bem? E a minha netinha?

—Calma Rebeka. Disse a doutora Carolina. — E continuou: — Quando Ana Clara caiu da escada houve um sangramento acarretando assim o descolamento de sua placenta. O descolamento prematuro da placenta é a separação antecipada de parte ou da totalidade da placenta da parede do útero, onde deveria se encontrar implantada até o nascimento do feto. Por meio dele o feto respira, alimenta-se e excreta os produtos de seu metabolismo através do cordão umbilical, do qual o feto é nutrido. Quando houve o deslocamento da placenta o suprimento de oxigênio e de nutrientes para o bebê de Ana Clara foi prejudicado, por isso teríamos que agir o quanto antes para que pudéssemos tentar salvar as duas vidas. No momento do parto detectamos que não conseguiríamos salvar as duas e então decidimos salvar a vida de Ana Clara. Mas a hemorragia de sua filha foi muito forte e infelizmente não conseguiríamos mais salvar a vida dela e tivemos então a opção de tentar salvar ao menos de sua netinha. Felizmente conseguimos fazer o parto e manter a vida de sua netinha viva. A mesma por nascer prematuro encontra- se na incubadora para observação. Como Ana Clara era sua filha, imediatamente entramos em contato com as autoridades para liberar o coração dela para que pudéssemos fazer o transplante em você. Este coração que está dentro de você é de sua filha.

Sem conseguir segurar tamanha emoção, doutora Carolina começou a chorar.

——O corpo dela já foi enviado ao IML.

Neste momento Rebeka chorou por saber que a sua filha havia morrido! Todos ficaram comovidos com a situação.

No quarto aconteceu uma cena de muita tristeza pela perda de uma pessoa querida. A morte de Ana Clara! Uma garota de vinte e cinco anos que ainda tinha muita vida pela frente. Uma filha que sempre se preocupava com o bem estar de sua mãe. Uma pessoa que sempre teve a proteção de sua mãe e no dia não a teve por perto. Deixando então o fruto de toda a sua vida a criança que ainda lutava para viver.

O corpo de Ana Clara encontrava-se no necrotério para ser enterrada em sua cidade onde nascera. A mesma seria enterrada ao lado de seu pai Thiago.

Dias depois, Rebeka e a sua netinha já recuperada receberam alta do hospital. Neste dia, Luana e seus pais foram conhecer a filhinha de Henrique. Eles levaram Rebeka e a sua netinha para casa. Valdirene havia arrumado a casa de Rebeka aguardando a sua chegada.

Ao chegar ela arrumou as suas coisas para viajar a sua cidade e efetuar o enterro de Ana Clara. Enquanto arrumava as suas coisas, Valdirene teve que ajudá-la. Ao arrumar os pertences de sua filha, Rebeka começava a chorar inconformada. Deparou-se com todos os enxovais que a sua filha havia comprado e ganhado. Levou apenas os pertences mais necessários. Inconformada com tudo que acontecera, Rebeka resolveu ir passar um bom tempo na casa de seus pais. Deixou os seus móveis em um cômodo na casa de sua amiga Valdirene e entregou a casa que morava de aluguel.

No dia seguinte, Rebeka com sua netinha seguiram viagem de avião junto com Luana, os seus pais, a doutora Carolina, Valdirene sem o esposo e o corpo de Ana Clara no bagageiro do avião.

Ao chegar à cidade e ao ver sua família que a tempo não via, Rebeka com sua netinha no colo se emocionou ao vê-los.

—— Eu amava minha filha! Por que ela me deixou? A dor que sinto é muito forte.

Logo foram realizados os preparativos para o enterro. Rebeka estava sempre com a sua netinha nos braços e amparada pelos seus pais.

No momento do enterro todos deram um adeus a Ana Clara! Todos se emocionaram. Ana Clara foi enterrada ao lado de seu pai Thiago.

Após o enterro, todos foram para casa dos pais de Rebeka e no dia seguinte teriam que pegar o voo de volta para Brasília. Exceto Rebeka e sua netinha. Decidida, Rebeka resolver não voltar mais para Brasília.

Na noite do enterro de Ana Clara, a doutora Carolina com um envelope na mão foi até a varanda da casa e vendo Rebeka em uma cadeira de balanço com sua netinha no colo se aproximou dela.

—Olá, Rebeka! O que você faz aí sozinha com a sua netinha?

—Estou aqui reparando de como a minha neta é a cara de Ana Clara quando nasceu e pensando de como será a minha vida a partir de hoje.

—Imagino o quanto você deve estar sofrendo pela morte de sua filha.

— Disse a doutora Carolina.

—Sim, doutora! É uma dor interminável. Estava dizendo a minha netinha que a mãe dela a amava. Mas que infelizmente teve que partir e a deixou para eu cuidar. Quero te agradecer doutora por tudo que tem feito por mim e a minha filha. Sou muito grata e não sei o que seria da gente sem você. Minha filha, sempre falava bem de você. Que adorava as suas aulas, adorava aprender com você no hospital. Dizia que ela devia a carreira dela a você.

Emocionada doutora Carolina começou a chorar.

—Tinha uma grande admiração por ela. Ela foi uma aluna e estagiaria que eu prezava muito. Ana Clara nunca se cansava em dizer que você era a melhor mãe que existia no mundo. Uma mulher que lutou para criá-la e sempre a incentivava em tudo. Na faculdade, no trabalho e até nas amizades.

Neste momento, doutora Carolina apertou fortemente o envelope e disse:

—Rebeka, tem um segredo que você precisa saber. Fui uma grande amiga da sua filha e a mesma com a sua dedicação atendia às minhas solicitações. Ela estava ali, sempre disposta a me ajudar no que fosse preciso. Foi uma estagiaria muito dedicada. Quando se formasse eu iria indicá-la a trabalhar na clínica do meu irmão e do meu marido. Quando ela sofreu o acidente e devido ao caso ter sido grave, disse a sua filha que não teríamos como salvar as duas vidas. Dissemos a ela que salvaríamos a dela e que a de seu bebê não seria possível devido a gravidade do acidente. Ela desesperada e sentindo muita dor, dizia que a filha dela era tudo que queria. Então, ela olhou dentro dos meus olhos e me pediu:

—Doutora, salve a vida da minha filha!

—A sua é a mais importante Ana Clara, não posso fazer isso!

—Quero que salve primeiro a vida da minha filha doutora, por favor! Faça isso. Se eu não conseguir sobreviver doe o meu coração para minha mãe. Eu sem reação nenhuma e para atender o último pedido de Ana Clara fiz o parto dando prioridade à vida da criança. Quando a criança nasceu, Ana Clara sorriu, agradeceu a Deus e ainda viva, pediu para escrever uma carta a você e caso acontecesse alguma coisa pediu para que eu lhe a entregasse. Rapidamente eu peguei um caderno e caneta e dei a ela. Oito minutos após terminar de escrever a carta Ana Clara infelizmente chegou a óbito. —Emocionada, doutora Carolina ainda completa. — Ana Clara ainda conseguiu ver o rostinho de sua filha. A rapidamente, pois precisava ser levada urgentemente para a incubadora!

Após escrever a carta os batimentos cardíacos dela cessaram. Aqui está a carta de Ana Clara a qual ela escreveu minutos antes de falecer.

CAPITULO 12

UMA CARTA DE AMOR ESCRITA ANTES DE DIZER ADEUS

Emocionada com tudo aquilo que acabara de ouvir de sua filha, Rebeka recebeu a carta, abriu e começou a ler:

— "Querida mamãe! Neste momento de decisão da minha vida, penso nas pessoas que mais amo. A você que devo a minha vida e a minha filhinha que sempre me dediquei para que nascesse forte e saudável. Perdoe-me pela atitude que tomei. Quando papai morreu prometi jamais te deixar e que estaria sempre ao seu lado. Neste momento de minha vida me vejo impossibilitada de continuar a cumprir esta promessa. Lamento por não cuidar e proteger-te e principalmente por não ver minha filha crescer. Não conseguiria mais ver a senhora sofrer. Ficava pensando sempre no pior e não me imaginava sem a senhora do meu lado. Minha filha que eu sempre sonhava em tê-la nos meus braços e que tanto almejava a sua vida não poderia mudar de ideia e deixa-la morrer. Se eu optasse pela minha vida, minha filha iria morrer e a senhora fraca e sem doadores, temia que morresse também. Assim eu passaria a viver sozinha sem as duas pessoas que tanto amei. Neste caso, a minha dor seria maior. Acho que não conseguiria me adaptar a tal situação. Por isso, resolvi abdicar de minha vida em prol de duas. Tendo a minha vida como segunda opção salvaria minha filha e caso eu morrer doaria o meu coração para senhora. Lembro-me de quando criança, no dia das mães eu e meus coleguinhas cantamos uma canção para todas as nossas mães e em sala de aula a professora pediu para que desenhássemos algo que almejássemos dar as nossas mães. Eu simplesmente desenhei um coração e te entreguei. Antes de saber o que desenhar, lembrei-me de quando papai sempre dizia: "que o coração dele era da senhora", logo quis te dar o meu também. Se estás lendo esta carta é porque estás com ele em seu peito. Te entrego ele novamente para que possa continuar forte e saudável e viver muito tempo ainda. Nada mais justo eu devolver o meu coração para a pessoa que me gerou em seu ventre.

Mamãe, eu consegui ver o rosto da minha filhinha. Ela parece um pouco comigo. Peço que dê a ela todo o carinho que a senhora me dava e coloque o nome dela o mesmo que o meu. Assim ela te fará companhia e vai minimizar a sua dor pela minha falta. Volte a morar com meus avós e assim voltará ao passado e iniciará uma outra vida. Mamãe, te confesso que estou com muito medo! Porém, sempre que eu estive com medo de algo a senhora dizia que tudo iria ficar bem. Que tudo iria passar. Agora me sinto muito fraca e terei a certeza que toda esta minha aflição e medo irá passar, pois vou encontrar com o meu papai. Saiba que encontrando com ele não o abandonarei mais e juntos iremos olhar por vocês duas. Agradeça a todos pelo carinho que tiveram por mim. A nossa família que amo. A Luana e seus pais. Valdirene e seu esposo. Foram pessoas que nos acompanharam e sempre estiveram ao nosso lado nos melhores momentos de nossas vidas. Te amo mamãe. Quando minha filha crescer diga sempre a ela que a amo muito! "

Ao terminar de ler esta carta, Carolina viu Rebeka muito emocionada e pegou para si a netinha. Neste momento Rebeka chorando se ajoelhou no chão e com a carta sobre o seu peito disse:

—Minha filha! Como eu te amo minha filha!

No mesmo dia todos se emocionaram com a revelação da doutora Carolina e a carta que Ana Clara havia deixado.

Ao se despedirem, os pais de Luana confortaram Rebeka e informaram-lhe que assumiriam a netinha deles no lugar do filho e lhe daria todo suporte que fosse necessário a ela.

Valdirene a sua melhor amiga também foi embora para cuidar de seu restaurante.

—Amiga, vou sentir muita a sua falta. Sempre que puder darei um jeito de vir passar uns dias com você. —— Prometeu Valdirene.

Rebeka agradeceu a todos pelo carinho e atenção ofertados a ela.

***

CAPITULO 13

DUAS VIDAS EM UM CORAÇÃO

Alguns anos se passaram e a netinha de Rebeka se tornou uma garota linda e inteligente igual a sua mãe Ana Clara e sempre demonstrava a sua avó Rebeka o interesse em conhecer o seu pai e seus avós paternos.

As duas eram inseparáveis. Tudo que Rebeka fazia era em prol de sua netinha. Um certo dia Rebeka ligou para casa dos pais de Luana e conversou com Patrícia.

—Patrícia, a sua netinha completará oito anos de idade e estou pensando em fazer-lhe uma festa de aniversário. Gostaria muito que vocês viessem para cá.

—Amiga Rebeka, infelizmente não poderemos ir, pois iremos para formatura do Henrique. Com muito custo meu filho terminou a faculdade.

—Falando no seu filho, nossa netinha quer conhecer muito o pai.

—Rebeka, seria viável você vir para Brasília. Aqui em casa realizaríamos o aniversário de nossa netinha e assim poderíamos rever todos os seus amigos de quando morava aqui.

—Realmente Patrícia! Há anos que não vejo as pessoas que mais me ajudaram no momento em que mais precisei. Farei isso então. Na véspera do aniversário dela viajarei.

—Que boa amiga. O meu marido Roberto vai adorar ver a netinha dele e ficará muito feliz por sua vinda.

Após desligar o telefone, Rebeka respirou fundo ao lembrar que depois de oito anos voltaria para uma vida que vivera com a sua filha Ana Clara. Em sua mente vieram todas as recordações de tantos momentos.

—Filha, você vai conhecer o papai! Disse Rebeka para a sua netinha.

—Oba! Vou conhecer o meu papai e os meus novos avós.

Vendo a felicidade de sua netinha Rebeka pensou em como teria que ser forte para superar as fortes lembranças.

Dias após, se preparam para irem a Brasília.

Ao chegarem, encontram Luana esperando-as na rodoviária. Ao entrarem no carro Rebeka lhe pediu para passarem primeiro no restaurante de Valdirene. Ao chegar em frente ao restaurante o encontrou do mesmo jeito. Ao entrar viu de longe a sua amiga em frente a pia lavando as louças e lembrou-se de quando as duas viveram muito tempo juntas naquela cozinha. Abraçou Pedro e foi em direção a cozinha.

—Minha amiga! Disse Rebeka ao entrar na cozinha. Valdirene olhou para trás.

—Rebeka? Eu não acredito! Você veio?

As duas se abraçaram fortemente e choraram de emoção. Neste momento a sua netinha Ana Clara apareceu.

—Como a filhinha de Ana Clara é linda. É a cara da mãe dela de quando a conheci no meu restaurante e foi graças a ela que a nossa amizade teve início e se tornou muito forte.

A partir deste momento as duas conversaram um pouco e Rebeka a convidou para a festa de aniversário de oito anos de sua netinha que aconteceria na casa da Luana. Logo depois tiveram que ir para casa dos pais de Luana para preparem o aniversário de sua netinha.

Ao chegarem Henrique não estava. Agora mais responsável, havia saído com sua nova namorada para resolverem os preparativos de sua formatura.

Enquanto Rebeka foi fazer as compras com Patrícia, deixou Ana Clara com seu avô. Brincando pela casa Ana Clara acabou entrando no quarto de seu pai. Naquele momento Henrique chegou em casa. Ao entrar em seu quarto se deparou com uma criança.

—Quem é você meu anjo?

Um pouco assustada, Ana Clara respondeu:

—Desculpa titio! Me chamo Ana Clara! Vim conhecer meu papai.

Henrique agora com mais idade, se emocionou em conhecer sua filha e sentindo uma ponta de remorso recordou quanto tentou fazer algo para prejudicá-la. Emocionado ele disse para a filha.

—Me perdoe minha filha! Sempre quis lhe conhecer também.

—Você é o meu papai?

—Sou sim, minha princesa.

Ao chegarem do mercado Rebeka viu Henrique e a sua netinha brincando no sofá da sala. Ainda com resquícios da época, deixou de lado toda a mágoa que sentia por ele e apenas ficou feliz pelo momento tão sonhado de sua netinha está conhecendo o pai.

No dia seguinte aconteceu a festa de aniversário e lá estavam todos os amigos de Rebeka.

Rebeka muito feliz agradeceu aos pais de Luana pela festa de sua netinha e principalmente pela oportunidade de ter reunidos e revisto todos os seus amigos.

Dois dias após, Rebeka precisou voltar para casa de seus pais, porém antes queria levar sua netinha para conhecer a cidade. Rebeka partiria no dia seguinte as dez horas e no dia anterior acordou de manhã, começou a organizar suas malas e saiu com Luana e a sua netinha para passear um pouco.

O primeiro lugar a visitar foi à casa que morava com o seu esposo e a sua filha assim que vieram morar em Brasília a qual ficaram morando por muito tempo. Ao chegar lembrou-se de todos os momentos vividos naquele lugar. Depois seguiram em direção a casa de Valdirene e foi ao cômodo que guardara os seus moveis. Logo se deparou com todos eles empoeirados.

—Amiga, não imaginei que tudo pudesse estar como deixei. Por que não usou nada?

—Não quis acabar com as lembranças de uma vida que você amava muito. — Responde Valdirene.

No dia seguinte bem cedo, antes de viajarem, Rebeka acordou a sua netinha para fazer uma caminhada. Ao nascer do sol, as duas estavam caminhando de mãos dadas. Lembrou-se de quando fazia isso com a sua filha Ana Clara. Simplesmente apertou a mão de sua netinha e disse:

—Ana Clara, eu te amo! Sempre quando estiver com medo, eu estarei ao seu lado e tudo

dar tudo certo!

E assim as duas
caminhando de
aquele lindo

ficará bem. Vai

seguiram
mãos dadas sob
nascer do sol.

***

SOBRE O AUTOR

Josivan Cardoso Lima

Nascido no dia 24/11/1984 em Miracema do Tocantins-TO. Reside em Brasília DF desde o ano 2000. É formado em Administração e atualmente trabalha como home office para algumas empresas.

Escreveu "Duas vidas em um coração" no ano de 2011 quando se viu desempregado, com a intenção de passar o tempo e vencer o tédio e foi nesse momento que sentiu despertar dentro de si o seu talento como escritor. Desde então levou a sua descoberta tão a sério que a partir daí em qualquer lugar onde fosse surpreendido pela sua inspiração fazia questão de escrever um rascunho com todas as suas ideias para depois compor os seus textos e as suas histórias.

OBRAS DO AUTOR

Duas vidas em um coração é o primeiro livro de Josivan C. Lima e está registrado na fundação biblioteca nacional / escritório de direitos autorais sob o número 75.390 livro 1.456 folha 303

ISBN 978-65-00-92532-6 CBL Câmara Brasileira do Livro

Título: Duas vidas em um coração

Subtítulo: O amor incondicional entre mãe e filha

Formato: Brochura

Veiculação: Físico

***